ソクのいた日

代々百々

DAIDAI Momo

文芸社

もくじ

序章　バスに乗せられて

黒地に花柄のビニールの手提げ鞄の中へ、おばちゃんは僕をコッソンと入れた。最初、その手つきはどこか恐る恐る僕に触っている感じがした。僕も初めてのことで、本当は手足が震えるほど緊張していた。おばちゃんが肩にかけた鞄の中から僕は首だけ出していた。鞄のファスナーが半分閉じられていて身動きできなかった僕は、人形みたいにじっとしているほかなかった。けれども、昼間に遊び疲れたのと夕食後だったので、いつもならもうお休みタイムだったのだ。

茂った樹木の匂いの中で、しばらくぼんやりと佇《たたず》んでいると、乾いた土埃《つちぼこり》と一緒にバスがやってきて、おばちゃんの前で止まった。おばちゃんは、「よっこらせ」と手すりに寄りかかるように伸ばした腕で、運転手から僕の頭を隠すようにしてバスに乗り込んだ。

細くうねった山道はやたらと揺れる。一時間に一本しかないバスの中には、座り切れない先客が何人か立っていた。おばちゃんはその隙間へ滑り込み、吊革《つりかわ》につかまると、素知らぬ顔で窓の外を見ている。窓からの景色はもう薄暗くなって、生い茂っている木の幹は黒い。枝に残る白っぽい枯葉もだんだん黒くなって、空だけが濃い灰色だ。

バスに乗るのはもちろん僕は初めてで、さっきから胸の辺りがムゾムゾしている。ついに僕はグォボッとさっき食べたのを戻してしまった。噛《か》み砕いたドッグフードがおばちゃんの肩の上に固まって載っている。しばらくそれを肩に載せたままで、バスはようやく終点の駅前に到着した。駅のトイレに駆け込んだおばちゃんは水道水で汚れを落とし、持っていたタオルを濡《ぬ》らして固く絞ると、僕の顔を拭いてスッキリさせてくれた。

ほっとして、見上げたおばちゃんの肩の上に、少しかじった食べかけのパンみたいな青白い月が出ていた。

夏休みは終わり、新学期が始まって五日も経つのに、娘の紗世《さよ》は朝起きられない。これまでに見たことのない暗い顔をして、具合が悪そうに寝ている。おまけに今朝も隣の部屋の新《しん》まで、なだめ賺《すか》しても起きそうもない。一日～二日は仕方なく四月から始めたばかりのパートの仕事に出かけたが、こんな状態の二人を家に残して仕事を続けることもできず、泣く泣く仕事を辞めさせてもらった。

子どもたち二人が揃《そろ》いも揃ってなぜこんなことになったのか、大谷保子《おおたにやすこ》にはわけが分からなかった。なんとか二人を元通り学校に通わせることが喫緊の課題だった。しかし事態は悪化こそすれ、よい方向に向かう兆しはなく、ともすれば保子自身も病気になって倒れてしまいそうだった。

一朝一夕にはいかないこの難局を、どうやって乗り越えていこうか。大切な子どもたちの力になるためには、落ち込んでばかりはいられない。

「女の子も思春期になると難しくなって、どこの家もみんな犬を飼うわよ」

近所に住む友人がそんなことを言っていたのを思い出した。

向かいの家が以前、ドーベルマンを飼っていた。ガレージのシャッターが開いて、その犬が表にいる保子に向かって突進してきたことがあった。

（キャー、こわっ）

と思った次の瞬間、足元にちょこんと座り、甘えたような顔をして上目遣いにこちらの顔を見るドーベルマンがいた。けたたましい獰猛《どうもう》そうな吠え声はいつも聞いていたが、その犬の顔をまともに見たことはなかった。

「コンニチハ！　向かいのオバチャン」

と言われている気がした。意外だった。

またある日、保子が慣れない住宅地を歩いていると、一匹の大きな犬が道路の端に横たわっている。傍では、何故かリードをつけていないもう一匹の大きな犬が、落ち着きなく右へ左へうろついている。その道を通らないと駅に行けないので、素知らぬ顔をして通り過ぎようとした。するとその犬は哀願するかのように傍に寄ってきて、

「ねえ、頼むよ。こいつをなんとかしてやってよ、お願いだから」

と、倒れたまま動かない、生きているのか死んでいるのかすら分からない犬のことを気遣う素振りを見せた。なんとも仕様がなくて通り過ぎてしまったが、犬がこんなに優しい面を持っているとは驚きだった。

犬の持つ優しさに触れて、ひび割れてギスギスになってしまった家族の心も、とらわれのない本来の優しさをとり戻せるかもしれない。だから皆、犬を飼おうとするのかもしれない、と思い至った。

犬を飼ってみよう！　困っているわが家を救ってくれるかもしれない。

そして、縁あってこの子犬を迎えることになった。

一　僕を迎えに

「動物愛護センター」は町はずれの山の中にあった。

その日も何人かが僕たちのいるケージに近づいてきた。その度に皆一斉にその人めがけて走っていって尻尾を振り、手をなめる。

僕らの多くは茶色い柴のミックス、つまり雑種だ。自分が何者か、よく分からない時分からここで暮らしている。一緒に生まれたとは思えないほどでかい兄ちゃんは、退屈すると、

「プロレスでもやっか？」

とファイティングポーズでかかってくる。どうしたってかないっこないから直ちに、

「降参！」

ひっくり返って僕は白いお腹を見せる。それ以上は乱暴してこないところが、この荒っぽい兄貴のまだよいところだと僕は思うけどね。

次は、ちょっとおっとり姉ちゃん。体は二番目にでかいけど、なんだかモタモタしていることが多い。力強さや敏捷性《びんしょうせい》はないものの、包容力がある。いつも僕の毛並みをなめて整えてくれる。

もう一匹兄貴がいたような気もするけど、よく覚えていない。

僕より小柄な妹がいた。僕の前足は片方だけ肘から下が白いけど、妹は両手に白い手袋をはめているみたいだ。小さくても僕は男だから骨太だが、妹は細くて華奢《きゃしゃ》だ。

朝起きたときに、妹が、

「お兄ちゃんのおめめ可愛いね、お鼻の辺りもママにそっくり」

って、コッソリ言うから、

「お前こそイケてるよ」

と返すと、目をクリクリさせる。僕らは仲よしの兄妹だった。

センターの広場のケージに早朝の朝日が柔らかく射《さ》してきた。うーんと伸びをして、左右にひねりストレッチの真似事をしながらそんなことを呟《つぶや》いたりしていた。僕らより月齢の少し低い、白黒ブチの兄弟たちも一緒だった。

気持ちのよい秋の穏やかな一日はたちまち過ぎていく。日差しが少し傾きかけた頃、二、三人の来訪者があった。その中の一人の、中年のおばちゃんがボーッとこちらを見ていた。

ここに収容される前、僕は野良犬に嚙みつかれて、首の後ろに大きな傷跡がある。自分じゃ見えないが、随分と痛かったものだ。センターのお兄さんがあんまり臭いのしない軟膏《なんこう》を塗ってくれた。僕のママもペロペロチュチュってなめてくれていた気がする。ようやっと痛みはなくなったけれど、夕暮れなどにはそよ風が吹いてもそこだけがスースーする。

しばらくしてそのおばちゃんが、

「この犬を頂いて帰りたいのですが」

突然、声を出した。

「この子のほうがよくないですか?」

お兄さんは、大きくてのびのびしている僕の兄ちゃんをそっと抱えて薦《すす》めたみたいだが、おばちゃんは、

「この犬がいいです」

お兄さんは、そんなこともあるなという顔をチラッとして、

「今から晩ご飯やりますんで」

と言って、いつものドッグフードと職員さんの朝食の残りのパンをくれた。皆で仲よく食べた。さあて、後は寝るだけと思っていたら、お兄さんは僕をヒョイと抱えて事務所へ連れていく。初めて入った部屋の中が珍しくて、僕は机やら椅子のある部屋をダッタッタッターと走り回った。

書類におばちゃんが字を書き込んでいると、お兄さんがさり気なく言った。

「食事は、ドッグフードが便利でいいですよ」

「はい。ありがとうございます」

黒っぽい上着にパンツ姿のおばちゃんは、ほっとしたような顔をして頭を下げた。

お兄さんは抱っこしてくれて僕の頭を撫でた。僕はお兄さんに心の中で言った。

（お別れだね。ありがとう。僕、お兄さんのことが大好きだったよ。長靴を履いてホースで水をジャージャー流しながら、ケージの中を緑色のデッキブラシでゴッシゴッシ洗ってくれるのが面白くて、僕いつもお兄さんの後ろについて回っていたよ。さよなら）

バスを降りて、次に電車に乗った。僕はときどき眠っていたのかもしれない。到着した駅で電車を降りて外に出るともう真っ暗で、ＬＥＤの街燈がところどころ白く照らす静かな道をおばちゃんは歩く。どこまで行くのだろう。僕の運命に何か大きなことが起こっている。このおばちゃんについていくのだ。僕は鞄の中でじっとしていた。

ブロンズ色の玄関引き戸が開くと電灯がついていて、玄関先にスゥーッと黒髪を肩まで垂らした大人しくて優しそうな顔をした女の子が近寄ってきた。優しそうな顔で、じーっと僕を見ていたが、

「犬に噛まれて、痛かったね」

鞄から出た僕を抱き上げて、それからギュッと抱きしめる。女の子に抱っこされる

のって、実は僕初めてだ。温かくて柔らかくてホーッとする。おばちゃんが「紗世ちゃん」と呼んで喋《しゃべ》っている。

（紗世ちゃんと仲よくしよう）

紗世ちゃんの後ろから遠慮がちに僕を見たのは、大きな目をした髪の毛の短い男の子だ。まだ幼っぽい顔で、紗世ちゃんの弟だと思った。弟は新君という名前らしい。

「犬を飼うんやったら、茶色い雄犬がええわ」

センターに行く母さんに新君がそうリクエストしたのらしい。それで僕が選ばれたのだ。二人で代わる代わる頭を撫でたり、体を触ったり、足の裏を見て押さえたりしながらボソボソと喋っている。新君は中学、紗世ちゃんは高校のともに一年生のようだ。もう一人、上のお兄ちゃんがいて、どこか遠くの大学へ通うため下宿暮らしをしているらしい。

（人間は随分長い間学校に行くんだなぁ、大人になるのが遅いんだなぁ。学校ってどんなところなんだろう？）

おしっこがしたくなったので、玄関から入る隙間風の匂いを嗅いでいると、

「外に出て、おしっこがしたいんやわ」

僕をこの家に連れてきたおばちゃんで、紗世ちゃんと新君の母さんが言う。張り出した廂《ひさし》の下、くすんだ白いタイル張りの玄関ポーチをひょいっと下りて、扇子の形をした石の上に載った石灯籠《いしどうろう》の後ろへ回り込んだ。そこに茂る枝分かれした木の下でゆっくり用を足した。そのとき、

「誰か来たんか？」

奥のほうからくぐもった太い声がして、紗世ちゃんが何か返事をしている。おばあちゃんが奥の部屋から声をかけてきたのだ。

（おばあちゃんなんて僕には想像もできないけど、人間って複雑だなぁ）

外は暗いけれども、外玄関の灯りが周りを照らしている。玉砂利が敷かれ、平らな飛び石がポコポコといくつかある。石で囲まれた、木の根元だけは土がこんもりと顔を出していた。僕が玄関に戻ると、

「お腹が空いてるねぇ」

母さんはウインナーソーセージと食パンを冷蔵庫から出して持ってきた。初めて食べたウインナーは特別うまかった。

（これならきっと、ここも悪くない）

「ドッグフードがいいて職員さんが言うてはったから、明日すぐ買いに行くわ。それに犬小屋がいるね、今日は段ボール箱で寝さそう」

紗世ちゃんと新君の二人もニタッ、ニヤとそれぞれ笑っている。そのうち父さんも会社勤めから帰ってきた。丸顔の、メガネをかけた肩幅の広い人だ。

「名前をつけたらなあかんな」

大きな声の父さんが言うと、母さんは、

「隣はリキ、その裏はコペル。きっと地動説のコペルニクスからとってはるんやわ。うちはコペル君の向こう張ってソクラテスにしようか？」

傍に寄ってきたおばあちゃんは「ポチ」とか言っていたようだけど、

「ソクラテスか、えらい賢そうな名前やなあ、アハハ！」

父さんがそう言うと姉弟もにんまり笑みを浮かべた。どうやら異存はないらしい。

僕の名前はソクラテスに決まりだ。コペとかソクラなんたらとかよく分からんけど、はっきりしていて澄んだ響きだし、まあ悪くはない。玄関の三和土《たたき》に置かれた段ボール箱の中に新聞紙が敷かれた寝床で、僕はお腹を見せて、手も足も上に向けて寝ることにした。特別悪そうなのもいない。内心ほっとした。まあラッキーなほうだ。随分緊張したから、今夜はゆっくり寝よう。そう思う間もなく、僕は眠りに落ちていた。

　朝になると父さんは会社へ行くし、昨夜のうちは珍しがって僕を見に来た皆も、誰も相手をしてくれなかった。口の中の歯の辺りがムガモガしてくる。玄関の上がり框《かまち》の柱にグワッゴグワッゴ、ゴーリーゴリ……嚙みついた。スッキリとするので歯と歯茎の運動をしばらく続けていた。そうやって、誰か来ないかな、と呼んでもいたわけだ。物音に気づいた母さんが、居間の硝子《ガラス》のはまった扉を開けて覗《のぞ》くと、

「ワァー、ソクちゃんが玄関の柱かじって酷いことになってるー」

　素っ頓狂な大声を出した。

　紗世ちゃんが見に来て、おばあちゃんも顔を出し、大騒ぎになった。

「まだ建って五～六年の家やのに、酷いこっちゃ」

おばあちゃんから話を聞いたおじいちゃんは、大工さんを呼んでカンナででも削ってもらったのか柱の傷は不思議に目立たなくなった。

ついでに他の用事も頼まれたらしく、裏庭で仕事をしている大工さんの傍に、いくつも転がっている木の切れ端が、とてもよい匂いがする。一つずつくわえて玄関ポーチの隅の玉砂利の上に集めて置くのは楽しかった。ところが、ふと見るとすっかりなくなっている。切りたての木から醸し出される何ともいえない芳香をゆっくり楽しもうと思っていたのに、母さんが捨てたに違いない。

（まったくもう、母さんの分からず屋め）

母さんはこの前、家族を前に喋っていた。

「犬なんてほんまのとこ、うんこ製造機やと思てたわ。昔、田舎の古い家で、住み着いた野良猫はよう飼うてたけど、犬飼うのは初めてやし」

（デリケートで心優しい、高尚な僕みたいな犬もいるというのに。小太りの、おしゃべりでおっちょこちょいの母さんが自分のことを棚に上げて、よく言うよ）

その日から、玄関を追放された僕だけが家の外だ。緑色の細くて短い紐《ひも》が無数にくっついたような葉をした垣根と家の壁との間に、僕の新品の犬小屋がある。今までセンターではずっと兄妹や仲間と一緒だった。これから暗くて怖い夜が来るというのに、一人ぼっちなんて絶対に耐えられない。だけど、夜に吠えたら怖いお化けが出てきそうだからジーッと我慢した。

（何も考えない、何も考えない）

と、自分に言い聞かせて目をつむって寝ることにした。やがて、白々として辺りが明るくなると、そっと目を開けて、クワーンキュキュ、キュワーンと呼ぶ。

二～三回吠えていると、二階で寝ていた母さんが、階段を下りてくる足音がする。犬小屋のすぐ傍の居間の窓を開けて、押し殺した声で、

「鳴いたらあかん！　近所迷惑！」

（そんなこと言ったって寂しいもん。僕の怖い怖い気持ち、分かる？）

「キュキュキュワーン、キュキュキュキュワーン」

母さんは口で言っても効き目がないと思ったのか、今度は男物の雨傘を玄関の傘立

てから持ってきて、クルッと丸くなった柄で、

「鳴くな！　あかん！」

と、僕の体をめがけてためらいがちに二～三度小突く。僕は素早くよける。

（そんなことくらいで僕は負けない）

このやりとりを二～三日続けたら、早々に母さんが根負けしたのか、渋々、夜は三和土に入れてくれた。

おじいちゃんとおばあちゃんは奥の部屋で一緒に暮らしていたが、犬嫌いらしくて僕は相手にされなかった。ところが、たまにおばあちゃんが尾頭つきの大きな生イワシをボンと大層気前よくくれるから、僕もびっくりする。もちろん、ありがたく頂いたけれどね。

犬を飼うのは反対だったおじいちゃんも、垣根と壁の間の決められた縄張りエリアから僕が脱走しないように緑色の金網を張ったりする。この前、いろいろと知恵を絞ってこっそり抜け出し、隣の家の庭まで遊びに行ったからかもしれない。

紗世ちゃんは体調を崩していて、ずっと外に出られなかったらしいが、僕がこの家

に来てからニコニコすることも増えたし、一緒に散歩に出かけるようにもなったって、母さんが父さんにそう喋っていた。

(僕は紗世ちゃんに出会えて嬉しいし、紗世ちゃんも僕のことが好きで、楽しくなったのなら文句なしだな)

新君は人の目を避けるように辺りが暗くなるのを見計らって、散歩に連れていってくれる。家を出てすぐの電柱で匂いをかぎ分けながら、ふらふらとして片足を上げておしっこをしようとしているのに、待ったなしでリードをガッと引っ張る。僕は尻餅をついて転び、止められない小便が月と電柱の光に照らされた薄明るい空中に小さな放物線を描いた。

気づかずにそのまま走る新君にちょっと引きずられたが、必死で立ち上がって首輪を引っ張られながらも僕も後から走った。昼間は身を潜《ひそ》めているからなのか、新君は暗くなると俄然《がぜん》元気になり、勢いよく走り回る。新君は末っ子だから周りはみんな年上だ。弟か子分か家来みたいな僕という、初めて偉そうに振る舞える相手ができて、ちょっとだけ気分がいいらしい。

ついて回るのがきつくてケホケホしていると、

「ソク、大丈夫か？　ちょっときつかったな、ごめん、ごめんな」

心配そうに僕の顔を見る。本当はとても優しい子なんだ。新君に鍛えられて、走るのにも慣れて、夜ごと一緒に走り回るのもそれはそれで楽しい。

新君はまだ義務教育の期間なのに、ふっつり学校に行かなくなったので、近所の人の目が怖いのだ。怯《おび》えて昼間はまったく外に出ないのを見て、新君の両親は考えた末、思い切って家からかなり離れたところにアパートを借り、新君を一人でほんのしばらくの間住まわせることにした。父さんが会社の帰りに立ち寄るほかには、新君は誰も知った人のいないところで、一人で漫画を読んだりして好きなようにしていたらしい。

しかし、まだ中学一年生の新君を一人きりにして、母さんは突然不安でたまらなくなって電車も止まった深夜にタクシーで駆けつけたことがあったらしい。

「心配しんでも、大丈夫や」

と言う新君の声を聞いて、胸を撫で下ろして、また家に引き返した。一人では心細い母さんに、そのとき、紗世ちゃんが一緒についてきてくれたんだって。それからも母さんは洗濯したり掃除をしたり、ときどき通っていたのらしい。

僕がこの家に来ることになって、新君も家に帰ってきたのだ。

実は新君も兄姉同様に塾に通い、私立中学を目指すことになったのだが、周りには国立大医学部教授の一人息子とか勉強の虫とも言うべき超優秀な奴ばかりで、歴然とした差を感じて、次第に意欲をなくし、すべてが嫌になっていたのだ。

母さんは同居している父さんの両親とも上手くいってない中での三人目の子どもで、小さい頃から子どもの気持ちに寄り添う配慮も何もできていなかった。新君は堂々と公立に進み、好きな野球をやるつもりだった。

途中で塾もやめて公立の中学校に入学したが、校風の違う二つの小学校と新君の通った小学校のごく一部の生徒だけが集まった中学校だった。期待を抱いて野球部に入ったが、そこでも小学生の頃から続けてきた少年野球経験者ばかりで、ひ弱でずぶの素人の居心地は悪かった。大きくなるつもりで、

「お母さん、サイズの大きいユニフォームを注文して、大きいのやで」

と言うので、随分大きすぎると母さんは思ったものの、新君の意思を尊重して何も言わずに注文した。いざ新君が着てみると、あまりにも不格好でメンバーに笑われ、からかいの対象となった。自分が招いた事態が、新君にはいちばん堪《こた》えたのかもしれない。

くたびれきった中年サラリーマンみたいになっていた新君は、姉の紗世ちゃんと時を同じくして通学できなくなった。父さんと母さんが喋っているのを聞いて僕なりに事情を整理してみると、つまりこういうことだったらしい。

人間の子どもは強制的に学校に行かされて、随分と大変だ。

(僕はのんびり気楽でまったくよかったよ)

二　紗世ちゃん、どうしたの？

紗世ちゃんたちが不登校になったのには、やっぱり原因があったんだと僕は思う。母さんが父さんと結婚した頃は、小さな家に父さんの両親と一緒に住んでいたけれども、二人目の子どもである紗世ちゃんが生まれる頃には、いわゆるスープの冷めない距離に離れて暮らしていた。

その頃に、すぐ近くに住んでいる母さんの知り合いの女性から嫌がらせをされるようになった。挨拶をしても無視されるなどの些細《ささい》なことから始まって、買い物に出かけるといつも待ち伏せをされる、家の周りにゴミや汚物を撒《ま》かれるといった迷惑行為に及ぶようになった。近くに住むおばあちゃんも、同じような目に遭《あ》っていたらしい。

気に入らない相手には誰彼なしにしていたようで、引っ越した人もいたらしい。給湯器の傍にマッチの燃えカスがあったりするので、侵入防止の金網を張ると、深夜に金網の下から這《は》って入ろうとする。セメントを打った地面を這いずるゾゾーッ、ゾゾーッと擦《こす》れる音が聞こえた、という。

手段を選ばずに行動に移る、人の心の怖さを体験していた。恐怖にビクッとすることが多くてお腹にいる紗世ちゃんの胎教によくないと母さんは考えた。その後も、兄ちゃんのときには余ったおっぱいが紗世ちゃんのときには足りないうえ、ミルクを嫌がって飲まないから母さんは困ったらしい。

紗世ちゃんの生まれた頃、町工場の仕事を引退したおじいちゃんは、紗世ちゃんをベビーカーに乗せて、孫息子を幼稚園へ送り迎えするのを日課にしていた。送迎の間の時間は紗世ちゃんを傍に置いてラジオの株式市況を聞くのを楽しみにしていた。

母さんは紗世ちゃんとの接触が減って気がかりだったが、祖父母に可愛がってもらうのもそれはそれでよい、と自分の気持ちを呑《の》み込んでいた。

それからしばらくして、父さんの勤め先の近くへ転居することになり、両親より一足先に母さんたちは隣の県へ引っ越した。兄貴は小学二年生、紗世ちゃんは幼稚園で新君は歩き始めの頃だ。父さんは典型的な、猛烈サラリーマンだった。家のローンを抱えた三人の子持ち、まさに大黒柱だ。

ある日、父と子の日頃の接触が少ない事を配慮したつもりで母さんは、昼寝をしている紗世ちゃんを父さんに任せ、夕食の買い物に出かけた。目を覚ましたとき、母さんがいないので驚いた紗世ちゃんが、

「お母さんは？」

と、父さんに聞くと、いつも人をからかうのが大好きな父さんは、小さな子どもの心理など考えたこともなく、よりにもよって、

「お母さんは紗世が嫌いやから出ていった。もう帰ってこない」

とニヤニヤ笑いながら、紗世ちゃんに言った。

「ギャーッ」

と、紗世ちゃんは悲鳴をあげて泣きだした。驚きと絶望で頭のどこかの回路がプチンと切れるような衝撃を受けたという。紗世ちゃんにとってこのときのショックは大きく、両親との間に溝ができるもとともなってしまった。

のちのち中学校でいじめに遭っていたことを母さんが聞いたのも、紗世ちゃんが高校生になって体調を崩して倒れてからだった。

まだ幼稚園児だった小さな紗世ちゃんに、

「おばあちゃんって酷《ひど》いこと言う人や」

と、涙ぐみながら母さんは悪口を言ったこともあった。紗世ちゃんは何も言わずに、そっと聴いてあげていたらしい。

弟の新君にはとてもしっかり者の賢いお姉ちゃんで、母さんはいつも安心して新君を任せられた。よいお姉さんでいなければならないと、甘えたりわがままを言ったりするのを本当はずっと我慢していたのだろう。子どもの心に寄り添うことも思いやることもできず、問題が起こってからも、さらにそれを口に出して言われなければ気がつかないくらい、母さんは母親としてはかなり酷いレベルだったのだ。

兄貴の中学受験が無事終わったところで、引き続き近所の人からストーカー被害に遭っていたと思われる両親と、家を二世帯住宅に改築して同居した。自分のプライバシーをいちばん優先したい母さんだったが希望を言うといつも渋い顔をされて、家の間取りなどは概《おおむ》ねおじいちゃんの独断で決まっていった。

「最初の子さえ軌道に乗せたら、後の子は芋づる式にいくわ」

子どもを一人育てただけの姑であるおばあちゃんの、あまり根拠があるとも思えない言葉を母さんはなぜか鵜呑《うの》みにしてしまった。両親の強い希望による再びの同居というストレスがあったからか、子育てが手抜きになってしまっていた。父さんの両親は、二人で頑張って築いてきた家庭だから自分たちの思い通りにするのは当然と言わんばかりに、息子夫婦の上に君臨していた。

息が詰まるように感じた母さんが半日でも無断で家を開けると、ドスの利いた声で、

「どこ行ってたんや、言えんのか！」

とおばあちゃんに言われ、あるときは、

「あんたらの世話するために一緒になったんやない。そのぐらい医者で注射一本打ってもうたらすぐ動ける！」

とおばあちゃんに言われた。

母さんが、少し離れたところに住んでいるすぐ上の姉さんに、

「おばあちゃんて自分は疲れただけで何カ月もずっと寝込んで、私が半日起きなかったらそんなきつい言い方するねん」

と昔のことを電話で喋っているのを僕は聞いたことがある。この家に僕が来るずっと前のことらしいが、僕ら犬でも『親しき中にも礼儀』と思うのに、あれではまるで召使いだ。おばあちゃんも決して悪い人ではないと思うけど、老いを感じてきて自分を守ることばっかり考えているからだろうな。

今でこそ、パワハラとかDVとかって家庭の中でも人権が尊重される時代になったけれども、母さんの子どもの頃は田舎の二世帯や三世帯同居は当たり前、狭い視野しかない嫁と姑のバトルで、嫁が夜に泣きながら家を飛び出して実家に戻るなんて話はそこかしこにあったらしい。おじいちゃんもおばあちゃんもその頃の感覚のままだったのだろう。

家の構造は二世帯住宅の仕様とはいうものの、世帯を隔てているのは硝子のはまった扉一つで出入りは自由だ。おじいちゃんは思い込みの強い話を、思い立ったら喋りに来る。おばあちゃんはただ一人の自分の弟を若いときに自死で亡くしているからか、

息子夫婦のことはすべて把握していないと、落ち着かないらしい。いつも通路のドアを半開きにする。キチンと閉めるのは、

「座敷牢に入れられているみたいや」

と、譲らないのだ。生きがいにしていた息子を嫁にとられたようで寂しかったのだろう。

見合いで結婚した母さんは、父さんと話し合って夫婦関係をなんとか建設的なものにしようとするのに、

「たまには食事の後片付けを手伝ってよ」

などと言おうものなら、

「仕事で疲れている息子を使おうなんてもってのほか」

と、きつい言葉が返ってくるのが予想されて、母さんは何も言えない。父さんもそれをいいことに何もしようとはしない。父さんにしてみれば一人っ子で親が一緒にいるのは初めから承知していたはずと思っていたのだ。頭で理解しているつもりのことと現実はまったく異なる。

激しい頭痛と吐き気が続いた母さんは緑内障と診断されていた。そんなことも子どもたちにはとても悲しい思いをさせたに違いない。小学生の男子ならたまには階段を駆け上がることもあるのに、

「やかましい！」

おじいちゃんはつい怒鳴っていた。

母さんはストレスから逃れようと、夫と姑に許可された通信講座の勉強のために図書館に行ったりして、それだけに集中していたという。結果として、子どもの心に寄り添った生活がまったくできていなかった。うつや不登校というこれらのことは起こるべくして起きたことだった。

紗世ちゃんの中学受験の準備が始まった。努力が実って志望校に合格した。

「おめでとう！　頑張ってよかったね」

「うん」

紗世ちゃんも嬉しそうにしていたという。

仲のよい友人もできて新しい学校に電車に乗って意気揚々と通学しているものと思

っていた。母さんは次の新君の塾のことで頭がいっぱいだったのだ。

席が近くて初めてできた友人と、お互いの家にも行き来していた。

「絶対誰にも言わないでね、約束よ！」

なぜか唐突に、その友人は自分の父親が詐欺か横領の罪で服役中であることを紗世ちゃんに打ち明けた。そこには、紗世ちゃん一人の胸に納めきれないものも含まれていた。信用されたことはよいとしても、そのことをどう受け止めたらよいのか、それまでのようにまるっきり無邪気ではいられなくなっていた。

そんな頃の定期試験の初日、規律正しさだけが取り柄のような学年主任が一限目の試験監督だ。

「ハイ、止め！」

と終了の合図を発したとき、熱心な紗世ちゃんは最後にスッスーと鉛筆を走らせた。

「オイッ、そこッ。止めと言ってるのに何してる！」

家でさえ大声で叱られたことのない紗世ちゃんは、びっくりして縮みあがった。ついこの間まで小学生だった女の子に、元の男子校勤めのやりかたに慣れきっていた教師が地金のままで言ったのだろう。一斉にクラスメイトの冷たい視線が紗世ちゃんに注がれ、嘲笑《あざわら》ったような顔が脳裏から離れなかった。たったそれだけのことに始まり、あれこれが重なってオドオドとしてしまう自分がいて次第に孤立していった。

紗世ちゃんはいじめのターゲットになり、とことん我慢した挙げ句、重い鬱《うつ》になって苦しむことになる。

紗世ちゃんが倒れてから、母さんもなんとかしなければと長い間苦しみもがいていたが、のちになってふと手にしたのは、いじめられっ子だったという精神科医が書いた本だった。僕には難しすぎるが、母さんは真剣な顔をして読んでいた。

紗世ちゃんにとっては究極の理不尽な屈辱であって、家族にも多くを話さないが、その精神科医は、

【いじめはパターン化している】

と言うのだ。まさに紗世ちゃんの場合もそうしたケースだったと思われる。

まずそれがいじめなのかどうかは、被害者と加害者の立場の入れ替わりがあるかで、はっきりするという。

教師に怒鳴られ、縮みあがり、一人で塞ぎ込む紗世ちゃんをターゲットに選んで、

「貧乏ゆすりをするな」

「こいつクサイッ」

などと、放言し、周りに吹聴《ふいちょう》することで、

【自分より下の人間がいる】

という周りの人の差別の気持ちをくすぐる。無自覚な教師をも巻き込んで、傍観者をつくる。傍観者の加勢を受けているうちに、

【自分はいじめられても仕方がない】

という気持ちにだんだんさせられていく。

自分がなぜターゲットになったのか自分なりに説明をつけようと、本人は必死に考える。

そんな中で、

【太って魅力のない、誰からも好かれない、生きる値打ちのない一人ぼっちの存在だ】

と思い込むようになってしまう。思い込みに陥《おちい》ると外見もそうなっていく。そしてそれは加害者と傍観者を勇気づけるという悪循環を生む。家庭でも孤立しやすくなる。

【この状態から抜け出そう】

と絶えず気を配り、緊張しっぱなしで自律神経、内分泌系、免疫系が乱れてしまう。紗世ちゃんの場合は無理なダイエットをしたり、母さんに頼れないから自分で衣服にアイロンをかけて手入れをしたり、音楽の先生に歌声を褒められてその先生の紹介で母さんと一緒に遠くまで個人レッスンを受けに行ったりもした。自分の持ち味、個性を伸ばそうとあれこれと考えて必死に努力した。けれどもそれも虚しく、解決策を先送りにするばかりだった。

ぴりぴり、おどおど、きょろきょろ、青ざめる、脂汗が出る。理解を示す者は周囲から遠ざかり、何をされてもゆとりを持って反応できなくなる。

【孤立無援であることを実感させられる】

知性をかき乱され、自分への信頼を失う。これを筆者である医師は、いじめが透明化していく、と表現する。いじめる側からはいじめは当たり前になり、いじめられる

本人には自分が見えなくなってしまう状態だという。そんな自分を、

【もうだめだ】

と親や第三者に委ねることは最後の感覚をも明け渡すことになり、自分のことが嫌になる。ただ苦痛だけが永遠に続くように感じられる。紗世ちゃんはもう、疲れ切ったのだ。

【まさに出口のない暴力社会に一人で耐えているのだ】

と書かれていた。

孤独な辛い戦いの中でよくぞ打ち明けてくれた。どんなことがあっても紗世を守る。ゆっくりゆっくり休養するんだよ。そんな学校へは二度と行かなくていいんだよ、と母さんは自分のことを反省しながら、紗世ちゃんの腕を握りしめていつまでも祈るように寄り添っていた。これがそれほど的外れではなかったのだと思っているようだった。

後で分かったことだが、排水溝のいくつかの桝《ます》に垣根の木の根が、厚いセメントを

割って根を張っていたのだ。いつも半開きの廊下の扉に、白いレースのカーテンを下げただけの開け放しのトイレから漂い出た臭いが、紗世ちゃんの制服や体に染みついたのかもしれない。「こいつクサイッ」と言われたのは、いじめの常套句《じょうとうく》ではなく、本当だったのかもしれない。

他人事《ひとごと》として、両親の部屋のトイレ掃除を無視した母さんは、自分の意地悪な冷たかった心を、結局すべて自分に返って来た今になって反省している。最近おばあちゃんは本当に掃除をしないと思ってはいたが、実は軽度の認知症だったらしい。

多感な中学生の女の子が、いろいろな母親の不注意でどんなに辛かったことか。母さんの立場や性格を知っているだけに言うに言えない潜在的な不満が、紗世ちゃんの心の底で渦巻いていたことだろう。

紗世ちゃんの通う学校の入学案内のプロモーションビデオを母さんが目にしたとき、とても知的で素敵な紗世ちゃんがいっぱい映っていた。今も母さんはそんな紗世ちゃんを自慢にしている。

マリリン・モンローが好きと母さんに楽しそうに話していた。声楽のレッスンも紗世ちゃんの精一杯の努力だったのだろう。無理なダイエットも響いた。頼りにしていた兄貴が進学して家を出たことも引き金になって、遂に倒れてしまった。そしてようやく耳を傾ける気持ちの生まれた母さんに、やっと打ち明けたのだ。

三　寒がりだった僕に

二人の学校との折衝役をしていた父さんも、今までのことを反省したのだろう。自分は仕事で行けないけれども母さんと紗世ちゃん、新君の三人のオーストラリア旅行を申し込んでくれた。紗世ちゃんは鬱症状であまり乗り気ではなかったようだけど、特急『はるか』に乗って関空からカンタス航空でシドニーに降り立った。

出発するときは初秋の日本だったが、到着したのは初夏の街で、空港を出た露店のショップで緑のスカーフを巻いた麦わら帽子を見つけて紗世ちゃんに買った。旅行はこの家に僕がやってくる直前のことだ。紗世ちゃんのクローゼットにその帽子がチョコンと収まっているのを僕は知っている。コアラを抱いて一人ずつ写真を撮った。この前、母さんのすぐ上の姉さんが家に来たときに、旅行のパンフレットやツアー中にもらった栞《しおり》を出してきて、いろいろと母さんが話していた。

僕がこの家に来てまだ間のない頃のことだ。紗世ちゃんと僕が散歩しようと家を出ると、なんとすぐ近くに僕のママがいる。

「ママ！」

すっ飛んで傍に行くと、

「キャッ、何よ、あんたなんか知らないわ！　失礼ね！」

歯を剝《む》き出しにしてキンキンする声で叫ばれた。ママだと思ったのは犬違いだった。飼い主のおばちゃんと紗世ちゃんが、

「きっと、ママと間違えたのね」

「きっとそうですね」

二人は笑いながら喋っていた。

(兄ちゃんたちや妹にも会えていないけれど、どうしているかな、いっぺん会いたいなあ……)

道路の匂いを嗅ぎながら歩いていると、白くて曲がった小さいものが落ちている。近づくと焦げたようななんとも言えない複雑な匂いがする。これは何かな？　後で調べてみよう。そっと口に入れると、

「ソク、出しなさい。タバコなんかダメよ」

知らん顔をしていると、紗世ちゃんは僕の口を無理やり開けて指でほじくって取り出した。

（ええー、楽しみにしていたのになあ。でも紗世ちゃんにされるなら仕方ない）

この前、ご飯時に食べた魚の骨が上の奥歯の歯茎に刺さっちゃって、痛くて泣きそうだった。首を傾《かし》げてブルブル振りながらグルっと回ったりして困っていたら、紗世ちゃんがピッピッと感づいて、口を開けて中の骨をピッと抜いてくれた。

（あれは嬉しかったな。僕のことをすごくよく分かってくれる、もう僕の恩人だよ。タバコくらいいいいんだ）

日中もだんだん寒くなってきた。山を切り開いて造成した傾斜地の、大きな石を積

んだ石垣の上に家がある。ブロックごとに雛壇《ひなだん》状に家が並んでいて、僕の家は上端の角家だ。生け垣はあっても石垣越しに冷たい風が吹き上がってくる。体は毛皮だからまだよいが、足がとても冷える。地面に穴を掘って足を入れてうずくまったりしていた。

母さんがそれを見て、犬小屋に古くなった電気毛布を敷いた。僕は毛布の中の電気コードを引っ張り出し、ビニールコーティングを噛んだり、庭に転がっていたプラスチックの植木鉢をチョコッと食べたりした。なんともないと思っていたけど、腹は引きつるように痛むし、酷い下痢だ。慌てて近くの動物病院に行く羽目になった。

そこは、紗世ちゃんの小学校の同級生のお父さんが獣医さんだ。薬をもらって帰ると、紗世ちゃんがチャチャッと僕が気づかないように飲ませてくれてすぐに治った。こういうことに紗世ちゃんは気が利くし、上手い。

だいぶん日が経ってから母さんが、骨の形をした大きなガムをくれたが、臭いし、まったく興味がないので、ずっとほったらかしにしておいた。

昼間だけの犬小屋住まいにも一つだけよいところがあった。僕が一人で遊んでいると、道を通る人の目線と僕の目線がピッタリ合うのだ。飼い犬の散歩で通るおばちゃんたちが頭を撫でて喋ってくれる。とりわけ、隣のおじさんは優しい人で、ガレージの車を出し入れするときに小さなジャーキーをくれたりする。僕とは仲よしだ。

おじさんの家には黒柴のリキ先輩がいる。道を隔てた僕の目の前で片足をヒョイと上げてジョジョーと用を足す。

「隣の若いの！　男ならこうすんだよ。女みたくヘッポコやってんじゃねえ」

なぜか関東弁だ。リキ先輩はもういい年だ。はっきり言ってあんまり長くはなさそうな感じがする。ずっと昔、まだ小さかった頃、公園で迷子になっていたのを、隣のお兄さんに拾われたんだって。きっとその前の飼い主が関東人だったのだろう。たまたまお隣さん同士になったけど意地悪なところもないし、素直な性格のよい先輩だと僕は思う。

風がいよいよ冷たくなってきたある日、紗世ちゃんが僕を抱っこしに来てくれた。玄関に入ると、

「お母さん、お母さん。ソクちゃんの足、ほらこんな氷みたいに冷たいよ。触ってみ

い。可哀想やから家に入れてやろうか？」

僕の足に触った母さんはそれでも、

「あかん！　ソクちゃんは外や！」

「キュキュキュワーン、キュッワーン」

（僕を殺す気か！　死んじゃうよ！）

必死に抗議する僕を見て、驚いた顔をした母さんは、仕方なさそうに苦笑いして折れた。外はどんなに北風がヒューウーウーと恐ろしい音で吹いてることか、知らないわけでもなかったのだろう。

こうして僕は、わが物顔に家の中を徘徊《はいかい》できるようになったのだ。紗世ちゃんにはどんなに感謝しても足りないくらいだ。

初めての冬が過ぎ、朝の日差しが明るく暖かみを増した頃、母さんが外に連れ出してくれた。まだ少し冷たい道路を歩く。電柱ごとの匂いを嗅いで回った。フンフン！いろんな犬の匂いがする。強い匂い、弱い匂い、これはメス犬、これは馴染みのあいつ。

空き地から漂ってくる香ばしい匂いが僕を誘う。匂いに釣られていくと、やっぱりあった。隣の家の窓から撒《ま》かれた『鬼は外……』の豆だ。素知らぬふりをしてコリコリ食べる。

（ああ、うまい）

紗世ちゃんなら、

「お行儀が悪い。ソク、拾い食いはダメ！」

と、絶対に食べさせてくれないから、今日は呑気《のんき》な母さんでよかった。炒《い》り豆だって、僕に美味しく食べられたほうがもったいなくない。でも、ひょっとして僕、母さんのけちんぼうが移ったのかな。クワバラ、クワバラ。

白くて香り高いクチナシやタイサンボクの花の匂いが辺りに漂い、甘い香水のように匂う花があちこちの庭から顔を覗《のぞ》かせる夏の初めだった。

紗世ちゃんといつもどおり散歩して家の近くまで帰ってくると、尻尾の長い猫がいた。僕のほうをチッと見ると、サッと止まっている車の陰に隠れた。見かけない奴だ、と僕が傍に行くと、そいつは尻尾をクニャクニョーリと動かした。僕らより、もっと細く長くて複雑な動きだ。尻尾に見とれていたら、

「ポクッ」

いきなり顔面パンチをくらった。前足を振りかぶってやりやがった。その後《ご》、奴はすっ飛んで逃げた。

上目遣いに紗世ちゃんの顔を見ると、紗世ちゃんもびっくりしたような笑いをこらえたような複雑な表情をしていて、僕に気を使ったのか目を横に逸《そ》らせた。このお返しはいつかきっとと思っていたが、それは永久にできなくなった。僕らの家族は急に遠くへ引っ越すことになったのだ。およそ一年、慣れ親しんだ家だったけど、僕にはどうしようもなかった。

四　新居に影がさして

引っ越しトラックに運転手さんと一緒に乗って、父さんは先に出発した。新君は暗くなってから電車で移動してくる。僕と紗世ちゃんは母さんの軽自動車に乗った。おじいちゃん、おばあちゃんは残り、別々の暮らしが始まるのだ。

母さんが運転するのはシルバーの丸っこい車だ。エンジンの音を聞いただけで、母さんの車と分かる。ツイード生地の座席に座っていたが曲がり角で母さんがハンドルを切ったり、ブレーキをかけたりする度にズッズルーと床へ落ちる。母さんは運転下手を自分でも認めていて、必死に前を向いている。僕は落ちたままでマットの隅にへたっていた。車にはもう乗り慣れたので、いつかのように戻したりはしない。

紗世ちゃんは後ろの座席に静かに座っていた。まったく新しい環境で暮らすことをどう受け止めているのだろうか。今までのこと、それから今後の学校や将来のこと、静かにさまざまなことに思いを巡らせているのだろう。

　ウインカーランプが右折のため、チッカチッカ音を立てる。曲がると正面、目の前に満々と水をたたえた湖が広がっていた。大きな湖だ。左側には静かに一級河川が流れていて、すぐに湖に注ぐ川口になっている。川の対岸に、十五階建てのベージュとブラウンの横長マンションが建っている。川に架かった橋を渡り、マンションの敷地へ入ると、電動式の鎖のゲートが開閉する。一階にある立体移動式ガレージに車を入れて、エレベーターに乗り込んだ。

　上層階の中ほどにある新居にやっと着いた。父さんは既に部屋にいて、大きな荷物はおおよそ収まって、衣類等が入ったままの段ボール箱がいくつも積んである。

　早速、用を足すために散歩だ。母さんが僕を抱っこして、紗世ちゃんがピンクのマントを僕の頭の上から被《かぶ》せる。母さんが端切れを縫い合わせてつくってくれたやつだ。実はこのマンション、規約では動物の飼育が禁止だった。とはいえ、おじいちゃんとおばあちゃんのところに僕を置いていくわけにはいかず、さりとて誰かに預かってもらうわけにもいかなかったのだ。僕だって置いていかれるのは、まったくもってご免こうむりたい。

僕は結構前の家は気に入っていた。トイレも不自由なかったしね。でも引っ越ししなきゃならない理由があったんだ。

一緒に住むことしか頭になかった父さんの両親が、一向に解決しそうにもなく倒れている孫の姿を見ていられない、寿命が縮むと言いだしたからだ。そこで、父さんの職場に近くなることもあって引っ越しを決定。心機一転、新たな環境で生活することにしたのだ。

紗世ちゃんは新しい自分の部屋で一人になると、辛くて悲しかったことを思い出してポロリポロリとよく涙をこぼす。僕も胸がいっぱいになって紗世ちゃんを見つめながら、

「クゥー」

と、声にならない声を出して涙も鼻水も優しくなめてあげる。すると紗世ちゃんは僕の顔に頬をくっつけてギュッと抱きしめてくれる。

（僕は紗世ちゃんがいちばん大好き。絶対にいつも紗世ちゃんの味方だからね）

新しい住まいでの暮らしが落ち着いてくると、紗世ちゃんのゴチゴチになっていた心の氷が融けて元気になってきた。紗世ちゃんはゆっくり休養して学校も変わった。単位制の高校で今迄の様に画一的ではなく、さまざまな境遇の生徒たちが通っている。例えば、いずれ中国に留学して学びたいという女の人や、ダンスに打ち込む人、働きながら通う年上の人もいて、個性豊かなメンバーが揃い、誰かに干渉されることもなく、紗世ちゃんも前向きに通うことができるようになった。

中でも留学志望の女生徒と紗世ちゃんは特に気が合ったようだ。

「マー、マー、マー、マー」

北京語ではマーのニュアンスだけでいろいろなことを指す言葉になるという。二人で笑い合いながら、紗世ちゃんは母さんに中国語を発音して教えていた。

小さくなってもう千切れかけていた僕の首輪を、紗世ちゃんは新しい黒革のベルトに買い替えてくれた。

「わあ、ソクちゃんよく似合うね。男らしいね、お母さん」

僕専用のブラシで体をブラッシングしたり、伸びて丸まりかけた足の爪をカットしてくれる。ドッグフード入れも、紗世ちゃんお気に入りの花模様のお洒落《しゃれ》な陶器だ。食欲がなくて残すと、なんだかんだ言いながら、美味しいドッグフードに替えてくれた。

紗世ちゃんと母さんの二人でいろんなビスケットやジャーキー、ささみチーズのおやつを買ってくれる。ここでは規則違反で肩身の狭い僕だが、この家なりに大切にされていると感謝している。

紗世ちゃんは頑張り屋さんだから、学校が忙しくなって、一緒に遊ぶ時間が減ったのは少し寂しいけれどね。

引っ越してきてからも、新君の散歩は相変わらず夜が多い。たまに、思いがけない時間に、あっちこっちかなり遠くまで散歩に連れていってくれる。

ある日の夕方のことだ。国道の信号を渡って広い道路にさしかかったとき、ずんぐりとした坊主頭のおじさんに連れられた柴の雑種に出会った。ときどき見かける弱輩そうな奴だ。一戦仕掛けてやろうと思って、そいつに飛びかかっていった。奴は怯《おび》えた顔をして走って逃げようとした。綱を握っていたおじさんが急に引っ張られてよろけ、

「綱離したら、あかんやろ！　何しとんにゃ！」

大声で新君を怒鳴りつけた。僕が突然走ったので、新君の手からリードがすり抜けたのだ。

「すいません……。コラーッ」

新君はカンカンに怒っているおじさんに謝ると、首輪を持って僕の上半身を釣り上げた。

「ゲッ」

（く、苦しい）

すぐ放してくれたが、僕はゲホッゲホッと咳き込んだ。新君と一緒だとつい闘争心が剝き出しになって、痛い目に遭ってしまった。怒っているおじさんの手前もあって、

きつく叱ったのだろう。新君はおじさんに怒鳴られて腹立たしそうにしていた。

しばらく歩いて僕が大をする頃になると、やっと落ち着いてきたらしく新君もしゃがんで、

「ごめんなソク、大丈夫か」

僕の頭を撫でて、なんとも言えない顔をする。人間相手のときにはしなくても犬の僕には遠慮がないこともある。今日は新君が怒るのも分かる。反省すべき点は僕にもあるけど、一緒に暴れられる相棒の新君がいてくれてよかったと思っている。

（たまには男同士、のびのびと好きにしたいよな）

マンションの前まで帰ってくると、スタートラインに並んで川に沿った直線コースの歩道を、

「よーい、ドン！」

で、毎回のように新君と徒競走をする。僕が新君に負けていたのはまだ小さかった頃で、今では断トツ僕の勝ちだ。新君は一生懸命走って悔しそうだ。僕はちょっといい気になる。新君とは若い雄同士のシンパシーを感じている。

母さんが見ていないときに新君は、おやつのビスケットやジャーキーをよくくれる。これは父さんも一緒だ。自分が飲むときに新君は牛乳もくれる。母さんは一日に何個って大体決めているけど、残りの数まで数えないから減っていてもちっとも気がつかない。

ある日のこと、エレベーターに乗り込んできた融通の利かなそうな顔をした四十代くらいのメガネをかけたおじさんが、僕を連れた母さんに、

「このマンションは動物の飼育禁止でしょう、知らないんですか？　僕も可愛がっていた犬と仕方なく別れてきたんですよ」

と、僕の頭をちょっと撫でて、嫌味を言って降りていった。母さんは随分嫌な気がした様子だった。僕のことで何かと肩身の狭い思いをしていたようだったが、しばらくしてから年寄った犬を抱えていた管理組合の当番委員に当たったおじさんの提案と尽力で、現在飼っている一代に限りマンションでの動物の飼育が公認となった。何匹かいた僕ら犬や飼い主にとって、実に喜ばしい出来事だった。そのおじさんの家の老いた犬が亡くなったとき、母さんはクッキー缶を持ってお供えに行った。

冬休みに入って、大学生の惣領《そうりょう》息子がマンションに初めて帰ってきたときのことだ。その日は珍しく大雪が積もっていた。雪はやんでいたが、駅から家を目指して歩きだすと、革靴が雪の中にズボッと入ってびっくりしたって、兄貴は帰ってくるなり母さんに話していた。闖入者《ちんにゅうしゃ》に僕が吠えてきっと大変だろうと思っていたらしい母さんは、まったく吠えないから拍子抜けした顔をしていた。

「あんたが家族やて、分かるのやろうか?」

兄貴に母さんが喋っている。前の家でこの男の存在は了解済みだ。犬の嗅覚はご想像以上に鋭いんです。兄ちゃんだからもちろん吠えないよ。

すっかり雪もやんだ夕方、母さんと一緒に裏庭に出ると、二つの人影がある。

(ここは俺様の縄張りだい、サッサとどかんかい、怪しい奴)

「ワワン、ワワン、ワオーン」

力一杯吠えかかっても一向に動じないようで、しぶとい奴だ。なおも叫ぶが、ふてぶてしく身動きひとつしない。

「あれは雪だるま、雪だるま。まるでドン・キホーテみたいやな」

母さんが呆《あき》れている。小さい頃の僕は動いている掃除機を見ても吠えていたくらいだから、笑い話くらいそりゃあるよ。照れ隠しというわけでもないが、融《と》けて大きな穴がボッコリ開くくらい黄色いおしっこをかけてやった。

翌日、おもむろに兄貴が散歩に連れていってやろうと言うので（まあ実際には僕が案内するようなものだと思うが）、とりあえずついていった。すべては滞りなく済みかけたところで、公園からの帰りにしゃがんで例の用を足した。

ところが、始末する袋を忘れたらしい。長男も長男だが、母さんも母さんだ。二人ともそういうところがポコッと抜けているからな。何食わぬ顔で兄貴が放置したまま帰ろうとしたら、通りかかった小学二、三年の男子数人が目ざとく見ていた。

「犬の糞《ふん》の後始末しないのですか？」

小学生に大学生が注意されて、家に帰ってからも兄貴はしばらく憮然《ぶぜん》としていた。

この長男、暇だから僕にちょっかいを出してくる。

「お手。お代わり」

「人間のように二足歩行しろ。後ろ足を鍛えるのだ」

と、自分は両足を広げてドカッと床に座って、僕の前足を持ち上げて僕を立たせるのだ。僕もまあ暇なものだから、面白くもなんともないが仕方なく付き合ってやる。僕を立たせたままで、

「ソク、今度は英語を教えてやろう。ドッグ、ドッグ言うてみろソク。ドッグ」

あんまりしつこいから、

「ドッ」

「ふんふん。次はフード、フード言うてみろ」

あんまり調子に乗られても困るから、黙っている。と、今度は二脚の椅子の脚と脚とを紐で結んで、

「ソク、ぴょんとこの紐を飛び越えろ」

後ろ足で立たせて、

「せーの！　ヒョイッと」

（サーカス犬にでも仕立てるつもりか？）

僕は馬鹿のふりをした。お互い、暇ほど退屈なものはないからな。散歩はもう懲りたのか、あれ以来一度もお誘いはない。たらふく食いたいものを食って、僕に分け前ひとつなく正月が過ぎたら東京に帰っていった。


新君は新年度の四月から引っ越し先の学区とは別の中学校に行く予定だった。その日の朝、新君が起きてこないから朝食で気を引いて起こそうと母さんは思ったのだろう。新君の部屋の絨毯《じゅうたん》の上に、卵焼きサンドとガラスコップに入った牛乳をトレイに載せて置いていた。

シメシメ、ドッグフードが主食の僕にとってはお誂《あつら》え向きのご馳走《ちそう》ではないか。新君はまだ布団を被って寝ているから、僕が食べても差し支えはないはず。

ちゃっかり綺麗にパクついて口の周りをペロペロなめながら部屋を出ると、慌てて母さんが新君の部屋に入った。結果は、母さんのご覧の通り。

最近僕は一人で留守番をすることが多い。父さんは仕事で、紗世ちゃんは学校、新君は電車に乗って遠くの不登校専門の学校。母さんぐらい僕の相手をもっとしてくれてもいいと思うのに、最近よく出かける。遊んでほしいというわけでもないけど、誰かが傍にいるってそれだけでほっとする。誰かが傍にいるだけで退屈することがない。一人ぼっちで、部屋も景色も見飽きたし、匂いも嗅ぎ飽きた。

(母さんくらいもうちょっと家にいろよ)

僕はだんだんと腹が立ってきた。母さんがいつも大事そうにして読んでいる黒い表紙の本が和室の机の上にいつもある。どれどれちょっと見てやろう。匂いまで変わっている。なめてみる、歯で噛んで、引きちぎって……。

(もうちょっと僕のこと構ってほしいよ、何か不安だよ)

思い切ってやったら気持ちが収まって落ち着いてきた。いつの間にか眠っていた。僕の兄貴や姉ちゃんに妹、仲間たちと楽しく過ごしている夢を見ていた。

鍵を開ける音がしてギィーと玄関のドアが開いた。母さんが帰ってきた。

和室に散らかったクチャクチャになった本を見て、

「こんなことしたら、あかんやろ！」

よほど大事にしていた本らしくて、怖い顔をした母さんに首輪をつかまれて説教された。もっと構ってほしいという気持ちを母さんに伝えるのには残念ながら失敗したようだ。


やせ細った頼りなげな月がどんよりとした黒い雲間に隠れて、湖に張り出した一棟のマンションの各戸の玄関灯だけが不夜城のように明々と灯り、外壁はひんやりと黒い影の底に沈んでいる。

僕は紗世ちゃんの部屋に置かれた僕のベッドで丸くなって寝ていた。

夜の湖は寂しい。何もかも凍えさせるような暗闇が辺りを圧している。

耳を澄ますと、マンションの端にある外階段を上がる足音が響いてきた。若い女の人の歩く足音だ。それがふっつり途切れた。息を潜めるような気配の後に、その体がドサッと地に落ちて静まり返った。

一人の人の命が終わってしまったのを僕は感じた。衝撃だった。傍で見ていたわけではないけれど、僕は犬の感覚で分かった。苦しくて、もう何も考えられなかったのだろう。ひとりでに苦しみがすべてを覆い尽くしたのかもしれない。今まで生きて動いていた人が、死んでしまった。

しばらくすると、やはり外階段から母親らしい女の人が叫ぶような呻《うめ》き声をあげてその場にしゃがみ込んだ。そして立ち上がるとふらふらと這《は》うように階段を下りていった。下では、それからしばらく何人かが動き回る足音がしていた。

朝になっても、わが家の人は誰もそのことには気づいていない様子だった。

僕は悲しくても自分で落ちたら駄目だと思った。人間にはかなわない。すごい力をいっぱい持っている。それを無理やり命を終わらせるために使ってはいけない。

生きようとする力が弱ってしまう病気になったり、悪魔に魔法をかけられたりしてどうにもならなかったのだろうか。

新築のこのマンションに僕たち家族が越してきて、ようやく慣れた頃だった。

マンションの住人たちは口を閉ざしていたが、以心伝心でそのことを感じていたようだった。

事情を何も知らない僕が言うのも変だが、僕は人間がくれなきゃご飯も食べられず水も飲めない。トイレも好きに行けないが、毎日小さいささやかな楽しみを見つけている。毛繕いをして清潔にして、家の人に少しでも喜んでもらえるようにこれでも頑張っている。

生きることは太陽と向き合い、さまざまな自然や物や出来事に出会うこと。そして仲間たちに会うこと。中には憎たらしい奴や悲しいこともある。

けれども、死んでしまったら、あの人の母さんのように死ぬほど悲しむ人がいるよ。腹が立つことは生きてりゃいっぱいあるだろうけどね。食べて飲んで空気を吸って、目が見えたり耳が聞こえたり考えたり感じたりできる。当たり前のことを当たり前にするのを大事にしよう。

死にたいと思うときもそりゃあると思うよ。でも生きているだけで素晴らしい。なんとかなる。今は辛いと思うことがあっても必ず天気のように変わるよ。誰かに振り回されないで、ただひとつしかない自分の命を大切に生きようよ。

家族はみんな機嫌よくマンション生活を送っているのに、僕は残念ながらトイレは絶対に地面の上でないとダメだ。先祖からの遺伝子情報にしっかり組み込まれている。ましてや生まれ落ちたときからずっとそうしてきたのに、今さら変えるなんてことは僕の辞書にはない。引っ越してここに来たからといって、急に白いトイレパッドを敷いたり、挙げ句の果てに、ベランダに土を入れた大きなプランターを置いたりしても僕の本能はなんとしてもこれを拒否する。

秋とはいえ、気温はまだまだ蒸し暑い。僕はますます体重が増えた。母さんの洋服が毛だらけになって、マンションの中での抱っこは不可能になった。闇夜に紛れて、僕を抱いて階段を上り下りできるのは新君だけだ。

新君は、母さんの友人夫婦が経営する近くの工場で働かせてもらった。アルバイト代までもらって、嬉しくなってファミレスやファーストフードの店でも働いた。遠くの不登校専門の学校にも通っている。僕は詳しいことはさっぱり分からないけど、本人や家族がそんなことを喋っていた。

ある日、新君は思い立ったように、湖一周に自転車で出発した。うちの前の湖は周

囲二百キロ以上もある。突然の新君の宣言を母さんは本気にせず、

「へぇえー」

と、いい加減なふうに聞いていた。

けれども、新君はやるときはやる。早朝、元気いっぱいに出かけていった。そして翌日、日暮れ近くにヘロヘロになって家に帰ってきた新君は、靴を履いたまましばらく玄関でひっくり返っていた。きっと新君のことだから、ろくに休憩も取らないでママチャリを必死にこいでいたのだろう。

その後、バイトで貯めたお金で自分のロードバイクを買ったらしい。

事故を起こしたりしやしないかと母さんが心配そうにしていた。雨の日も雪の日も一人で飛び切り早起きしてゴソゴソしていると思ったら新聞配達をしていたのだ。一台目のロードバイクは、マンションの駐輪場で盗まれて、二台目も自分で買ったらしい。

紗世ちゃんも通った近所の単位制高校に進学すると、新君に親友ができた。家にも来たことがあるので、僕も顔を知っている。その人はビックリするほどイケメンだ。

部活で一緒にバスケットボールに打ち込んで、定時制の全国大会に出るんだと楽しそうに僕の目の前で、東京で行われる試合の合宿の荷物を鞄に詰めていた。

もっとも、試合は早々に負けたらしい。あっという間に家に帰ってきていた。

中学時代、暗くなってから外に出て、イライラを発散するように走ったり暴れたりすることしかできなかった新君が、こうして自立していくのを見ると、一緒に遊ぶのが減ってきて本当はちょっと寂しいけど、よかったなと思うよ。

一年年上のその友人は優秀で、東京の大学に行ったらしい。ちょうどその頃、大学を既に卒業して、国家試験の準備のために兄貴は家に帰ってきていた。その兄貴に勉強を見てもらって大学に合格した新君は、ゆっくり散歩に連れていってくれた。いつものように「よーい、ドン！」をしたあくる日、僕の頭を撫でて、

「体大事にしろよ、ソク。ありがとうな」

と言って、憧れの東京の学校に行った。いつも一緒にいた新君がいなくなったのは寂しい。

（家来でも子分でもいい、本当は行ってほしくなかった。夜に一緒に遠くまで行って暴れ回った日々が懐かしい）

五　どん底に沈んでも

紗世ちゃんは自分のように病気で苦しむ人の助けになりたいと、医学部を志望していた。それを聞いた母さんは驚いていたが、周りにいろいろ言われるのをことさらに嫌がる紗世ちゃんには何も言わなかった。紗世ちゃんの心には見返したいという思いがあったのかもしれない。僕にはよく分からないが、医薬系専門の予備校というところに通って猛勉強していた。

「医学部も系列があるから、どこでもいいわけじゃなくてちゃんとしたところに行かなあかんのよ」

医学部の難しさは母さんも十分分かってはいたらしいが、何も言わなかった。結果は適当に手続きをしておいた薬大だけが合格だった。その気がまったくなかった紗世ちゃんは入学を断ると言うので、母さんは仕方なく大学に断りのため電話をかけた。

「大谷紗世の母親ですが、折角入学許可を頂いたのですが、本人がお断りしたいと申しますので。家族としてはとても残念に思っているのですが……」

そのとき、電話口に出た年配の、担任だという女性教授が熱心に母さんに入学手続きをするように勧めてくださった。それを受けて手続きはしたものの、希望していた道ではなかった紗世ちゃんは頑張りすぎた疲れもあってか鬱々としていた。近くの心療内科を見つけてそこに数回通っていた。

賑《にぎ》やかな市街に住んでいる年の離れた母さんの姉さんが、

「いったん社会に出てから精神科医になられた、すごく信頼できるよい先生がおられるよ」

と、紹介してくれ、そちらに通院することになった。そこで処方されて初めて飲んだ薬が合っていなかったのか、素人にはまったく分からなかったが、かつてないほど紗世ちゃんの状態が悪化した。まるで冬眠中の熊のようにただ眠っていた。

紗世ちゃんは弟の前では自分の情けない姿を見せたくなかったかのように、新君が進学して家を出ていくと、自殺願望がもたげてきてベランダの窓を開けて飛び降りそうになったり、パジャマ姿で玄関から出ようとした。父さんは仕事で不在、その度に母さんと家にいた兄貴の二人で紗世ちゃんの足を片方ずつ必死でつかんでいた。

母さんは自分が眠っている間に紗世ちゃんがそっと出ていかないように、紗世ちゃんの部屋の前の玄関の廊下に布団を敷いて寝ていたときもあった。

このままでは兄貴の試験の邪魔になると紗世ちゃんは思ったようで、その先生の知り合いの個人病院に入院させてもらうことにした。相変わらずその先生の処方薬を飲んでいたが、自殺願望も消えず、母さんは紗世ちゃんに付き添って病室で寝泊まりしていた。父さんの世話を焼くことができず、それによって何らかの代償を支払うことになったとしても、これからの人生がより長い紗世ちゃんを守ることを優先しようと思っていたのだ。それが親としての責任だと考えたらしい。

若い女の子が精神科なんて差しさわりがある、と以前は思っていたらしいが、そんなことを言っていられる場合ではなく、その先生の紹介を受けて今度は専門の公立病院に転院した。そこではしばらく本人の身の安全のため隔離された。主治医は若いエリート医師で、薬の処方も的確で母さんの車でその病院に通院するうちに、紗世ちゃんはすっかり落ち着いていった。そして薬大にも通い始めた。兄貴も無事に試験が終わると家を出ていった。

紗世ちゃんや新君のことがあってからは、父さんも母さんも僕も、毎日祈るような気持ちでずっと暮らしていた。そんなときに、市内の中学生のいじめによる自死がマスコミで報じられた。市内といってもどこか遠くに感じていたという母さんがテレビのニュースを見ていて、なんとなく見覚えのある建物だと思っていたら、ほんの近所の散歩でいつも通るところだった。報道されている内容は、自殺者にもその家族にもあまりにも痛ましくむごいものだった。

他人事ではなかった。紗世ちゃんと母さんと僕も絶句するしかなかった。その子の痛みや苦しみ悲しみを思って、この前の若い女性に対してと同じように、僕たちは冥福を祈り続けた。

このマンションにもその子の同級生が何人かいて一様に沈み、悲しんでいた。その子たちの親も同じだった。隣人の悲しい出来事を皆が悼んでいた。なんとかしてあげられなかったのか。同級生たちの想いは状況を知っているだけに特に苦しかったようだ。もう二度とこんなことが起こらないよう一人一人が大切にされなければならない。大切にし合わなければいけない。犬だけどそう思う。

『ギャングエイジといわれる十歳頃の集団行動に積極的に関わり始める時期より、学校という価値観が一定した閉鎖的環境で、集団における児童心理として等しく誰もが仲間はずれの標的になるのを恐れている。自分はそうなりたくないという恐れの気持ちに、自分以外の人でよかったという心理が必然的に働いて「いじめ」は容易に解決しない』

母さんは眉の間に皺《しわ》を寄せて難かしい顔をして、重たげな体をリビングの椅子にどっかり乗せてテレビに映っている人の話を聞いている。

『黙認していられるレベルならよいが、周りにいる人が気づくのが遅れた場合が問題なのです。子ども任せ、学校任せに絶対にしないで直ちに保護者や専門家の介入を……』

そんなことを言っていた。

「人格を傷つけられプライドを踏みにじられ、あまりの理不尽さと惨めさに、ヘルプを求めることよりも、果たしてこの言いようのない屈辱の苦しみを人に分かってもらうことなんてできるのだろうかと、何よりも先に虚しい気持ちになるの」

と、紗世ちゃんは僕に言っていた。

「誰からも排斥される自分のことを助けてほしくて、ヘルプを求めたその人からも、同じ反応が返ってくるとしたら、もう生きていけなくなる」と。

人間の難かしい話はまったく分からんけど、死ぬほどに辛かった気持ちを今度は自分を磨くために使って、僕ら犬よりも遥《はる》かに長い人生を鳥のように羽ばたいていってほしいと思うよ。それでこそ、この家に僕がもらわれてきた甲斐《かい》があったってことさ。月日が経って、それは魂を輝かせるための大切な試練だったと思えるときがきっと来るだろう。僕は犬だけどそう思うんだ。

この家の人ばかりではなく、人間には僕の考えも及ばない悩みや苦労があるんだなぁ。散歩の後の毛繕いや手入れをしながら、僕は僕のできることで家族を応援してあげようと思うのだ。それが僕の仕事だ。たまには僕も甘えたいけどね。

母さんは鼻と鼻のツンツンや顔のペロペロは嫌がるけど、紗世ちゃんは僕のことを『ソウルメイト』って言うから、ケガしたときママがペロペロチュチュとしてくれていたのを思い出して、

「元気出しなよ、大事な紗世ちゃん」

「大好きだよ。紗世ちゃん」

って、実は僕、よく顔やら手やらをなめてあげていたんだ。最高の愛情表現だ。

それでも、僕もどうしようもないほど紗世ちゃんの具合の悪いとき、僕はどうしたらいいのかと思うと、いつもの食事も全然うまくなかった。この前は母さんと兄貴がいたから、あのお姉さんのようなことにはならなくて僕もほっとしたけれど。

紗世ちゃんと母さんが病院に入院して帰ってこない日は、つまらなくて僕はしょぼくれていた。寂しいけれど、きっと帰ってきてくれると、じーっと待っていた。仕事帰りの父さんも、やっぱり辛そうな顔をしていたけれども、散歩に連れていってくれ

た。兄貴は忙しそうにしていた。

母さんが帰ってきて、それからしばらくして紗世ちゃんも帰ってきた。僕は嬉しくて紗世ちゃんに飛びついて尻尾を振って一生懸命に顔をなめた。紗世ちゃんは、

「うん、うん……」

と言いながら僕を抱きしめてくれた。

それからは大学に熱心に通った。勉強が大変で元気がなくなったときもあったが、もう、

「死にたい」

とは言わなくなって、父さんも母さんも僕も心から喜んでいるのだ。

本好きの母さんが有名人たちの、いじめについてのメッセージ集の本を読んでいて、有名な漫画家さんが、

「『あなたの体の中には、ものすごい数の先祖代々の思いと夢が詰まっている。あなたは、それほど多くのものを受け継いでいる、とても大切な人間なのです』って、ほんまやね」

僕に言う。その人のことはちょっと知らないけどね。

「ある作家さんは『あなたが生きていることが、きっと誰かの力になる。その日は必ずやってきます』。あの映画コメンテーターさんは『いじめている子には将来バチが当たるよ』」

と書いてあるって母さんが言う。


夜が明けると、ねぐらから飛び立った鳥たちが、群れをなして、伸びたり縮んだり広がったり形を変えながら空高く、ひたすら飛んでいく。

晴れて澄み渡った青い空に鳶《とび》が舞う姿を僕はベランダから見ていた。縮図のように望む市内の街並み。満月の夜は、深い藍色の湖面に金色の光の道がゆうらゆうらと映って幻想的だ。『満月ロード』というらしい。

夏の一夜、川と湖に囲われたマンション前の広い駐車場が、花火を見る人で埋め尽くされる。近くの山にドーンと音が反響して、体の芯を揺さぶる。夜空に花火が大きく広がると、「ワァーッ」と歓声があがり、一斉に拍手が起こる。僕は花火にはそれほど興味はないけどね。いじめを苦に亡くなったあの少年もベランダからこの光景をきっと見ていたことだろう。

六　バラバラ寸前……

僕は留守番で家にいたが、前に住んでいた父さんの両親の家に父さんと母さんが用事で出かけた。子どもたちがそれぞれ自分の道を踏み出すと、今度は、

「金儲《かねもう》けに行くように」

と先々を心配したおじいちゃんが、母さんに言ったらしい。

おじいちゃんは小さい頃に家の人が相場というのに失敗して、家が傾きかけたので随分苦労したらしい。おじいちゃんは病気に罹《かか》ってしまったり、また戦争もあったけれど、親戚の小さな町工場を、商才と努力で盛り上げてきた人だって父さんが言っていた。

母さんが働き口を探し始めたとき、駅前に大型ショッピングセンターができた。

「歩いて行ける距離だから、そこにしたら」

父さんの意見に従って、母さんはそこで前回のようにパートとして働くことにした。食品部門に重点を置いたその店は、試食を充実させて販売促進を図った。商品の横に、食べやすくカットした試食品でいっぱいのプレートと爪楊枝を置いておくのだ。果物、焼いたステーキ肉、漬け物に至るまで、あらゆる食品を並べてなくなれば新しいのに取り替える。数人のメンバーで、母さんは昼前から夕方までの仕事だった。

母さんの仕事のない日に、散歩を兼ねて僕もそのスーパーに連れていかれたことがある。中には入れないので、店の入り口の隅のほうの木にリードを括《くく》りつけられて、

「賢う待っときや」

と僕に言い聞かせて、こちらをチロチロ見ながら母さんは店内に入っていく。仕方がないので店頭で、自転車を止めるお兄さんや仕事帰りのおばさんが歩いていたりベビーカーを押したお母さんが出てきたりと、賑《にぎ》やかな人の出入りを見ていた。

自動ドアがその度に開いたり閉まったりして、店内のスピーカーから流れる音楽や店内放送の音量が大きくなったり小さくなったりしている。

正面玄関横の宝くじ売り場の隣が喫煙コーナーで、くだけた格好のおじちゃんが壁にもたれたり、まだ若そうなおばちゃんがしゃがんだりして白い煙を鼻や口からぷっはーと吐いている。僕を見る人もあんまりいない。

母さんはまだかなぁ、と思ってガラス越しに店内を覗くと、母さんが白いレジ袋をぶら提げて小走りにやってくる。

昔、紗世ちゃんの学校行事に新君を連れていって、他のお母さんと夢中で喋っているうちに、近くで遊んでいた新君のことをすっかり忘れてしばらく置き去りにしたことがあったらしい。僕のことを忘れていないだけ、まだ上等だ。母さんも成長したのだろう。

「土日は休みを取れよ」

父さんは自分の休日に合わせて母さんにも休みを取るように何度も言っているのを僕も聞いていたが、店の稼ぎ時と重なってあまり上手くいかないようだった。

ある日のこと、母さんが仕事に出た後に、続いて父さんはいつもと違っていそいそと出かけた。その後、仕事帰りの母さんを迎えに店に寄ったらしく二人で帰ってきたことがあった。

「お疲れさん！」

父さんは母さんに珍しく珈琲まで入れてあげていた。僕は毛繕いをしながらそれとなく様子を見ていた。

さっきから、父さんの服や体から馴染みのない変わった匂いがする。これは、母さんではない他の女の人の匂いだ！　母さんが仕事に行っている間に、父さんは誰か他の女の人と一緒にずっといたのだ、ちょっと大変なことになったぞ！　こんなこと知ったらきっと母さん怒るだろうな。そんな日が何日かあった。僕は素知らぬふりをしてはいるが、落ち着かない。母さんは何も知らずに、

「他所でパートをしていた年下の人が、リーダーシップをとりたがって意地悪するのよ」

「若い女の子が嫌になって辞めたのを、私のせいにするって酷すぎるわ」

しばらく経つと、

「後任のおばさん、顔は綺麗やねんけど仕事がでけへんから。心が屈折していて根性

が悪い……」

愚痴を聞いたりするのがいちばん嫌いな父さんに、母さんは鬱陶しげな顔をして職場の話をたらたらと喋っている。

僕にははっきりと父さんが隠している秘密が分かっているのに、母さんは本当に何も気がついていないらしい。母さんにはどうにも、教えてあげようもないしなぁ。僕、どうしたらいいのかなぁ……。

そのうちに、二人で車に乗って出かけても父さんはイライラしていて不機嫌で、なんかこの頃酷いな、と母さんも感じていたようだ。

そんなとき、家の電話が鳴った。誰だろう？　訝《いぶか》しげに母さんが電話に出ると、若い女性の声で、

「すみません、大谷さんのお宅ですか？　私、ご主人と同じ職場の青木と言います。うちの主人が浮気をしてましてね、どうしたらいいのか困っているんですよ。本当にどうしたらいいか……」

弱々しくためらいがちに喋ってくる。リビングにいる僕にも聞こえている。お人好

しの母さんは同情してしばらく聴いていた。

「大変ですねぇ」

と母さんが言うと、電話は切れた。けったいな電話やなぁ、母さんはそんな顔つきをしていた。そのうち、やっと母さんに疑念が湧いたらしい。

「社長の家で、まあまあ飲めということで飲んでたら寝てしもて、朝帰るから」

と、夜に、酒に弱い父さんから母さんの携帯に電話がかかってきた。んん？　おかしい。そう思ったらしい母さんは、何回も父さんの携帯に電話をかけていた。留守電、出ない。母さんは夜が明けるまで何度もゴソゴソして携帯をいじっていた。

「今から帰る」

夜が明けた頃に、やっと返事があった。父さんは転勤が多くて当時は自転車で通勤していたので、母さんはマンションの駐輪場へ迎えに行くために急いで玄関を出ていった。父さんに会った母さんは、腹立ちを抑えられなくて何も言わずに「バチン」と一発父さんに思いっ切りビンタをくらわせたらしい。母さんが履いていたつっかけの片方で。

「車に乗せるから、社長の家、教えて」

秋晴れの休日の早朝、父さんを助手席に乗せてあっちこっちと車を走らせたらしいが、泊まったはずの社長の家はやっぱりなかったらしく、二人は家に帰ってきた。

「絶対、会社の近くに女がいるはずや。どこにいるねん」

怖い顔で父さんにこんな怖い言い方をする母さんを、僕は初めて見た。そして母さんは、この前の若い女からの電話のことを喋った。観念した父さんは遂に白状した。

前の部署の部下の不祥事が今頃になって発覚して、父さんが監督責任を問われて張り合いをなくしていたときに、夫のいる同じ会社の中年女に引っ掛けられたのだ。車を運転してきて父さんを乗せて誘ったのだ。いわゆるW不倫ってやつだ。

信頼している友人のアドバイスで、母さんはすぐにスーパーのパートを辞めることにした。母さんのすぐ上の姉さんの紹介で知り合ったその人は、何度かこの家にも来たことがある。お寺のお坊さんでもあるらしくて、僕の顔を見ると優しい顔をしてにっこり笑うので、僕はいつものように吠えるのも忘れた。和室で母さんや姉さんたちが輪になって話をしている真ん中に僕はドッタリ寝そべって、よく分からない話を聞くともなしに聞いていた。僕なりにとても心配していたことが、解決しそうな気がしてほっとしていたのだ。

「自分中心の、自分さえよかったらよいというのは餓鬼の心なのよ。皆がそんな心でいたら、ちょっと考えただけでも争いが絶えないのは分かるでしょう？　利他、愛他の心こそが仏さまが喜ばれて、そして仏さまに近づくことなのよ……」

「本当に今までは自分さえ自分の家族さえよければという気持ちだったのですが、そんな心で幸せになれるはずはありませんね。難しいことですが、他がためにという心を、いつも忘れないようにしようと思います」

年配のそのおばさんの話を聞きながら何度も首を振って頷《うなず》いて、母さんは真剣な顔で喋っている。

父さんは折角の休日も一人ではつまらなく寂しかったのだろう。父さんが会社を変わったこともあってその相手と職場で顔を合わせることはなくなったが、母さんはショックから立ち直れずにいるように見えた。『蓮《はす》糸の如《ごと》し』といわれるらしい人間の男女の仲、父さんは変に優しいところのある人だから、と母さんは不安だったらしい。

母さんは父さんの会社の昔の住所録を調べていた。

秋も深まったある日、母さんは相手の家まで出かけていってインターホンを押した。顔を出したとっくに成人しているらしい娘さんに、

「まだ続けるなら、あんたの主人に言うよ」

と、母親に伝言をするように言ってきたらしい。相手側からもブレーキをかけさせるためだと母さんは言っていた。僕はそこまでやるかという気がしないでもなかったけれど、専業主婦の母さんにとって夫の浮気は生活の基盤そのものを失いかねないことでもあったのだ。

「ちょっとよかったのは初めだけで、後はすり鉢の底に落ちていって上がろうとしても這い上がれない、本当に苦しいものやった」

と、ほとぼりの冷めた頃に父さんがポロッと独り言のように口にした。

事の一部始終を知った兄貴はこう言った。

「父さん、心療内科にでも行ったほうがいいん違うか」

紗世ちゃんは母さんに言った。

「お母さんは一度も裏切ったことないのにね。これからはお母さんも主婦業を、生活費を稼ぐための宮仕えと思ってすごしたら」

後日に、新君は、

「僕は母さんの好きにしたらええと思うよ」

僕は、父さんって甘えん坊だから寂しかったんだと思うよ。父さんがそういう人だっていうのを母さんは知らなかったんじゃないかな。

兄貴と紗世ちゃんがたまたま傍に一緒にいたときだ。父さんのなんでもない話にいつまでもプリプリして食ってかかる母さんを見て、

「ウーウッ、ギャオンオン」

僕は立ち上がって、母さんに向かって前足を突き出して上下に振った。

いつまで根に持って怒っているんだよ。父さんも反省してとっくにやめているじゃないか。母さんは自分だけが苦労したみたいに思っているかもしれないけど、母さんや紗世ちゃんが留守の間、仕事で疲れて帰った父さんが僕の散歩もご飯も全部してくれてたんだよ。そうやって母さんがいつも突っかかっていくから、父さんも大きな声

を出して喧嘩《けんか》になるんだよ。いい加減にしろよ、母さん。

僕の剣幕が絶妙のタイミングで自分に向けられて、驚いたらしい。母さんは僕の姿をまじまじと見て、バツが悪そうな顔をして大人しくなった。

いつまでも怒っているのは母さんのいけないところだ。家族の誰もが夫婦喧嘩なんて聞いていたくないんだよ。母さん次第なんだよ。

まさかこんなときに、兄貴の二足歩行の訓練が役に立つことになるとは僕も思わなかったけどね。


父さんが長年勤めていた会社から他の会社に移ることになった。その記念に、夏休みの家族旅行で北海道へ行くことになった。『北海道』って初めて聞くけど、飛行機で行く遠くらしい。僕は一緒に行けないから近くのかかりつけの獣医さんに預けられるらしい。

紗世ちゃんと母さんとで久し振りの散歩だ。国道沿いの歩道を歩く。しばらく歩くと前にも何度か来たことのある動物病院だ。紗世ちゃんがドアを開けると、ちょっと嫌な気がして尻込みしたが紗世ちゃんにグイッと引っ張られた。

「家族みんなで旅行に行くから、四～五日したらすぐに迎えに行くからソクちゃん、獣医さんのところで待っててね。寂しくても我慢してね」

（紗世ちゃんに家を出るとき言われたけれど、やっぱり嫌だな）

あっという間に二人はドアを閉めて出ていった。僕はメガネをかけた若い獣医さんと、白い服を着たお姉さんだけの部屋に残された。そして奥の部屋のケージの中に入れられた。

ドッグフードはまあまあイケたのでくれる分はしっかり食べたけど、うっかり油断すると何をされるか分かったものじゃないからカーテンの陰でジッとしていた。

（ここに僕はいないものと思ってください）

朝が来て夜が来て、ときどき隣の部屋で話し声がしたりしていたが、また朝が来て夜が来て。もうそろそろ迎えに来てくれないかな……。

やっと来てくれた。紗世ちゃんと母さんのお礼を言っている声がする。僕は嬉しくてほっとしてリードを引っ張って勇んで獣医さんを出た。やっぱり僕は家がいいよ、僕の家だから。今まで腹に溜《た》めていたものがどっさりと出て、帰り道で三〜四回、紗世ちゃんがレジ袋で始末してくれた。

札幌、知床、阿寒湖、摩周湖とか喋っている。瓶に入ったマリモを見せてくれた。富良野の花のポプリの匂い、母さんの気に入りの美瑛の丘の写真は大きく引き伸ばして玄関の壁に飾ってある。

父さんは老いた両親だけにしておくのはそろそろ気がかりで、元の家から職場に通うことになった。おじいちゃんとおばちゃんにはヘルパーさんに来てもらっていたが、母さんは父さんの洗濯物や食事の世話のためにときどき通っていた。

紗世ちゃんの通う病院の先生は、優しく知的な人で独身だった。紗世ちゃんの初恋相手だったかもしれない。通院の日、紗世ちゃんはお気に入りの洋服を選び、薄くメイクもして、髪は軽やかにカールした栗色だった。

薬大にも一年遅れで、楽しげに通い始めた。ワンダーフォーゲル部に入り、リュックを担いで山にも行った。

「大谷さん、僕、ど真ん中」

ボーイフレンドに言われたとか、友人のバイトのこぼれ話を何やら母さんに喋って紗世ちゃんは楽しそうに笑っていた。薬を飲む必要がなくなり、残念なことに病院に行って先生に会うこともなくなって、ただ小難しい勉強だけが残っていた。

「僕と付き合ってください」

何度も熱心に声をかけてくる人もいたらしいが、たびたび休学しているうちにクラスメイトたちはずいぶん年下になって、慎重な紗世ちゃんは年齢差を超えて付き合う気にはなれなかった。

家族がそれぞれ家を出ると、紗世ちゃんは母さんを独占して思いっ切り甘えていた。わがままも言い、したいように振る舞っていた。こんな時期が紗世ちゃんには必要だったのだと母さんはやっと気づいたようだった。紗世ちゃんに対してだけではなく家族や人に対しても、すべてを包み込む無条件の愛ではなく、条件付きでいつも冷たく非難する心を隠し持っていたことにも。

何かとアドバイスをして励ましてくださる担任の女教授のお陰で、体調のすぐれないときは休学を挟みながら最終学年となった。大学の重鎮らしい、ちょっとやそっとでは単位を認定しないことで有名な教授の単位だけが不足していた。その教授に、

「僕の教授室に一人で来なさい」

と、紗世ちゃんは言われた。

「一人で来いってどうよ。キモチ悪い」

すったもんだの後、母さんと二人で教授室に行った。学位授与機構で学位はもらったが、その教授の単位は得られなかった。就職氷河期で苦労したが、幸運にも父さんのつてで就職することができて、今もそこで紗世ちゃんは頑張っている。紗世ちゃんのおごりで近所の回転寿司に行ったり、たまに両親とレストランのディナーに出かけたりしていた。

七　僕には僕の

ひとりで散歩をしている犬を、いつだったか見かけたことがある。それ以来心のどこかで僕は憧れ続けていた。この家でも兄貴たちは出ていったまま帰ってこない。皆それぞれ忙しそうに出かける。僕だけがいつも留守番だなんて、正直言ってちょっとうんざりする。

（彼女だってほしいし見つけたい。僕ひょっとして、ひょっとしなくても一生このまま子孫も残さず終わるのか？　自由がほしい。散歩なんか一人で行けるよ）

高くて遮るものがないので、玄関とベランダの窓を開けると室内は涼風が吹き抜ける。母さんは紗世ちゃんを送り出すと、いつものように洗濯機を回したり、台所でお皿を洗ったり呑気にやっている。

僕は玄関のドアチェーンの隙間から思い切って外へ出た。人は確かに通れないけど僕は通れた。エレベーターを待っていたが、いつも開く扉がちっともスーッと開かない。仕方がないから諦めてそれなら階段にしようとピョンピョンと下りた。ところがどっこい、下りても下りても同じドアと階段ばっかり。僕の頭は多少イケてると自信を持っていたのに、もうわけが分からなくなってきて、上がったり下がったりしているうちにくたびれちまって、もう散歩は諦めた。仕方なく家に帰ろうにも、どの階に行けばいいのか分からない。えーっと確かここら辺と見当をつけた家のドアに飛びついて、

「ワワン、ワオーン」

鳴き声を聞いた僕の家の真下のおばちゃんが、玄関ドアの覗き窓から僕を確認すると管理人さんに通報した。状況を理解した管理人のおじさんが、母さんに連絡をしたのだ。外階段はマンションの両端の二箇所にあって、うちの部屋から近いほうの階段を急いで下りてくる母さんの顔の飛び出しそうな目と、疲れてエレベーターの前でドッタリ寝そべっている僕の目がバチッと合った。

（思い通りに上手くはいかないものだね。現実を知ったよ）

風呂場で体をシャンプーしてもらっても、本当はそれほど好きなわけではない。遠心分離機のようにブルブルと体をふるわせて水気を飛ばす。確かにサッパリするのは否定しない。でも草むらに入って犬の、特にメス犬の匂いを寝転がって洗ったばかりの背中に擦りつけたりする。トイレの習慣も、どうしても地面の上でないと僕は駄目だ。母さんが何度もシートを用意してトレーニングを試みてくれたが駄目だった。大雨の日も嵐の日も僕は身についた習慣を変えられない。

元気のよさそうなおばさんといつも散歩に来る『坊ちゃん犬』の柴がいる。子どもがいないので、そのおばさんの実の子どもになっているらしい。よく出会う犬たちの中でも特別大事にされていて、いつも毛並みひとつ乱れていない。日に最低二回はきっちり散歩をしているようで、首に交通事故防止用らしいチカチカする虹色の点滅ライトを時々昼間でもつけている。雨の日はレインコートをキチンと着ている。

僕にも、紗世ちゃんが近くのデパートで黄と緑の配色の高級レインコートを買ってくれていた。前に一度雨の日に母さんと紗世ちゃんの二人がかりで着せられたことはあるが、どうにも駄目だ。

　僕はひょっとすると、日本狼の血を特別色濃く受け継いでいるのかもしれない。というのもまだ前の家にいたとき、遠くで犬の声がしたから僕も家の石段のてっぺんに行って、夕暮れになるとワウオ～ンワウオ～ンと我ながら惚れ惚れする声で遠吠えしていたことがあった。今は迷惑がかかると分かるから、ちっともしなくなった。ピッチピチだった頃の元気がなくなってきたこともあるけどね。

　あまりにも僕がレインコートをすんなり着られないので、しっかり降る日の雨除けに少しでも雨から守ってやりたいという優しい心から、手っ取り早く青いビニールのゴミ袋を、首と腹に結んで括りつけられたことがある。こんなことをするのはもちろん母さんだ。これで散歩に出たとき、レインコートでピシッと決めた『坊ちゃん犬』に出会ったのだ。僕だって雨除けつけているんだぞとは思ったが、さすがの僕もちょっとみすぼらしいような気がして、なんとなくきまりが悪かった。いくらなんでも、ただの青のゴミ袋だ。

（生ゴミと間違えられたらどうするんだよ）

この前この坊ちゃん犬と散歩で出会ったときに、

「家では絶対にトイレをしないから、実は母さんが困っているんだ」

と言うと、彼が言った。

「あんたみたいに散歩とトイレがセットになっている場合は、他の犬、例えば僕の尿の匂いの付いたシートを部屋に置くんだ。そしたら『何を！ 俺様の家だ、けしからん』ってあんたならきっと、その上にマーキングするからね。ウンチの場合は家とウンチ場所の距離を少しずつ縮めるという方法がある。でも根気がいるからおばさんには無理そうだね」

僕もそう思う。

もう一つ、僕にはやめられない強い癖があった。家に見知らぬ人が来ると初めから終わりまで徹底的にずっと大声で吠えるのだ。修理のおじさんや排水口清掃、機器点検の人、特に男の人だ。家族を守らなければというのもあるけど、いちばんは僕自身が怖いから。本当は随分しんどいけど、威嚇《いかく》せずにはいられないんだ。母さんはその度に、よだれの垂れる泡だらけの僕の口をじっと押さえていなければならない。その

ことも喋ると、

「うちの母さんはそんなときは、水でちょっと薄めた『酢スプレー』を僕の頭の上でシュッシュするよ、くしゃみが出て吠えてられないよ。水の入ったペットボトルを傍に突然落とされたこともある。びっくりするよ。繰り返してやられると、嫌になるから僕はしないよ」

と言う。母さんも、時代に則した犬の飼い方を学んで、人並みの努力をしてもらいたい。

僕は、紗世ちゃんと散歩するときはいつも胸を張って、尻尾はクルリと丸く立てて少々気取って歩くのだ。マンションの隣の家の、髪の毛をアップにした小柄で若々しいおばちゃんがこの前笑って言った。

「ソクちゃんは、お姉ちゃんと散歩するときと、他の人とするときと歩く格好が全然違うね」

このおばちゃんには、ベランダの仕切りボード越しに、

「ソクちゃんに」

と、上等のフィナンシェをもらったことがある。僕は一つだけ食べて、後は家族が食べた。独り占めするより皆で食べたほうが美味しい。

同じ階に住んでいるロングヘアのほっそりしたおばさんは、よく見ると顔の小皺が少し目立つ。見た目よりは年長ってことだな。口に手を当てて、

「犬は飼い主に似るっていうけど、本当やねぇ」

おかしそうにいう。僕はずんぐり太って胸板が厚く胴長短足だ。父さんも母さんも一緒に住んでいるときだったけど、血もつながっていないのに確かにちょっと似ていないこともない。

母さんは朝起きると、

「おはよう、おはよう！」

といつも僕にもやかましく言うから、

「オアヨウ！」

と調子を合わせる。母さんが自慢気にそのことを喋ると、そのおばさんも負けてはいない。

「うちの猫、ご飯のことゴアンって言うのよ」

マンションの前の橋の上で立ち止まって喋っている。時間内にこれをしなきゃ、というほどのこともないので、その間は僕も付き合って時間を潰す。

随分前に隣のホテルの前の道を救急車がけたたましく通って、すれ違いざまに「ヒーホーヒーホー」と真似をする、おじさんに連れられた大きな奴がいたな。母さんがクスッと笑っていた。そういえば昔、リキ先輩も隣のおばちゃんの高い綺麗な歌声に合わせて歌っていたことがあったな。面白い音に反応するのが趣味なんだな。

休暇で帰宅した父さんと運動公園を散歩していたら、大きなゴールデンレトリーバーを連れた神父さんに出会った。さすがにその犬は紳士だった。鼻ツンや頬寄せの挨拶をした。尻の匂いを嗅いだりはしない。神父さんは外国の人のようだった。

「柴犬は賢いですよね、名前はなんというのですか?」

「ソクラテスですわ」

「ワーオッ」

と驚いたような顔をして僕を見た。そう驚くことでもあるまい。獣医さんの、予防接種の案内状も『ソクラテス君』で来る。アリストテレスとかいう名前の犬が出てくる映画も、新君たちとDVDで見た気がする。

運動公園の散歩の帰りは、いつもなら中学校の運動場の金網フェンス越しに部活の野球やサッカーの練習を眺めながら歩く。休日の早朝、この日は父さんが珍しく金網フェンスの間から広い校庭のグラウンドに入った。誰もいない。今は僕の専用だ。嬉しくなって父さんが手を離した青色のリードをつけたまま、大草原を駆ける馬のようにひたすら走った。仲間たちと一緒に走り回る夢を、僕は常々よく見ていた。最高に爽快だ。

暑くも寒くもないとても気持ちのよい季節だった。母さんと親しい同じマンションのおばさんが遊びにおいでよと言うので、母さんと一緒にその家に行った。その家の結婚している娘さんも、そのとき来ていた。母さんは、

「このシュークリーム、皮がサクサクと固くて美味しいですね」

「そうなの、これはどこそこの……」

世間話をしながら母さんはシュークリームを、僕は鰹の削り節をその場で頂戴して

帰った。

今度は、おばさんの娘さんが僕のことを気に入って、僕と遊びたがっているとか、おばさんが電話で言ってきたらしい。母さんはああいう深く考えずにすぐに乗る人だから、ホイホイと僕を連れて裏庭に出た。そこには、こないだの娘さんが夫婦揃って待っていた。夫婦と一緒の散歩は母さんもなんとなく居辛かったのか、

「こんにちは！」

と、二人に向かってニコッと笑って挨拶をすると、

「ほな、どうぞ」

とリードを娘さんに渡し、クルッと後ろを向いてサッサと帰ってしまった。

（な、なんてこった。俺の犬権はないのか？　俺はまるでぬいぐるみの犬か？　何言ってやがる。テコでも動いてやらないぞ……俺、嫌だよ、母ちゃん来てくれよ。いくらなんでもよく知らない人と散歩したりするのだけは絶対に嫌だよ、もう泣きそうだよ……）

母さんが慌てたふうで走ってきた。裏庭でマンションと向かい合って、別れたとき

のそのまんま、頭も尻尾もクシュンと垂れて、ジーッとうずくまっている僕を見た母さんはびっくりしたらしく、夫婦に謝っていた。娘さんからおばさんへ、おばさんから母さんに電話があったらしい。僕がちっとも動きません、と。

（僕、捨てられるのかと思ったんだよ）

クリスマスの頃ともなれば、赤や白のサンタの帽子や服を着せられたチビ君たちにもよく会うが、あんな格好がよく平気でできるなあ、とつくづく僕は感心してしまう。一〜二歩歩いては立ち止まり、また一〜二歩歩いて止まる、白いダボッとしたトレーナーを着た年寄った犬にも出会ったことがある。連れているおばちゃんは辛抱強くて優しい人だなと思った。そのうち僕もそうなるのかな。母さんはそんなことできるかな。生まれてから十年あまりも経つと、ふとそんなことも考えてしまう。

マンションのロケーションは申し分なかった。毎日欠かさず散歩に出かけるから、僕はこの近く限定の生きたカーナビみたいなもんだ。隣は大きな湖、遠くに薄青い山が連なって並んでいる。川の流れ、植物や生きもの、そして人。一本の木、一本の草や花も自然そのものだ。身と心を癒してくれる。

マンションの裏は前浜公園になっていて、北隣のホテルの庭とつながっている。マンションの裏門から石段を下りると、ボランティアさんによって刈り込まれた芝生が広がり、梅や桜の木が植えられている。手前の隅には、ブルーベリーやびわの木も並んでいる。右手のマンションとの境界には、緑の低木に春の終わりから夏の終わり頃まで鮮やかな黄金色の花が、辺りを照らすように咲き乱れている。キンシバイというらしい。公園の中ほどには人工の小川が流れていて、ホテル内の池の水が湖へ注ぎ出ている。

少し離れた湖岸にはヨットハーバーがあり、夏には近くの大学のサークルのヨットが、白い帆を風で膨らませ、幾艘《いくそう》も青空の映った湖面に浮かぶ。今は綺麗にたたまれたマストが林立して、華麗な夏のレジャーの名残を漂わせている。

公園を後にして湖に流れ込む川沿いの歩道を歩く。新君と「よーい、ドン」をした歩道の西側、つまり川の上流には磨崖仏が刻まれている巨岩があるらしい。川縁《べり》に巡らされた柵は粗い部分もあって、足を踏み外したら這い上がれそうもないなとチラッと見て歩く。

右隣に接するホテル正面の信号を渡ると、広い道路の両側に街路樹が大きく腕を広げるように真っすぐに立ち並んでいる。春や夏には勢いよく生き生きとした緑色の大きな葉を空いっぱいに広げるが、落葉前には毎年剪定《せんてい》され、真冬には握りこぶしのような瘤《こぶ》をつけた腕を寒そうにいくつも空に突き出している。その先にＪＲの駅がある。市営の大型駐車場、大きなスーパーやパチンコ店が軒を並べる。最近は高級ケーキ店もできた。

通りを左に曲がると、古い桜並木に囲まれた大きな公園がある。県内屈指の総合運動公園だ。野球場や陸上競技場がある。白や黄、ピンクの花が咲く道を、ときには鼻を近づけて花の匂いを嗅いだりしながら気分よく歩く。僕は犬だから赤やピンクと言っても実際には五感で感じるだけのこともある。それはまあ、種の違いってとこだろう。いつもの馴染みの犬にも何匹か出会う。

家族の顔を見て、食事をして散歩して少し遊んで眠る。

そんな僕も十七歳を過ぎる頃から、自慢だった毛に白髪が増えて艶がなくゴワゴワになった。目もかすみだした。あれほどくっきりしていた片方の手袋も今じゃ判別もつかない。おまけにときどき胸からぐふぉぐふぉという変な咳まで出る。

第一にトイレがもう我慢ができない。オシメをはかそうとするが絶対無理。足で蹴り飛ばす。散歩の前にエレベーターの前でじょぼじょぼと出てしまって、母さんが缶とかプラスチックの入れ物で受けようとするがどうにも上手くいかない。水道の蛇口じゃあるまいし、デリケートなものだから。母さんは箒《ほうき》と水が入ったバケツですぐさま掃除だ。それを見ると、昔センターのお兄さんがデッキブラシで洗ってくれていたのをなんだかふいに思い出す。

僕が若くて元気だったときは、いつも紗世ちゃんが抱きしめてくれたけれど、体中ゴワゴワの毛で色あせてぐふぉぐふぉ咳をする僕にはちょっと冷たくなってきたのかなぁ（僕の僻《ひが》みかな）。

僕もなんだか遠慮してしまって居間にいることが増えた。兄貴や新君も出ていって父さんまで親のこともあってたまにしか帰ってこない。僕も体が少し弱ってきて寂しいよ。母さんもデパートのレストランかどこかにまたパートに行きだして、僕は一人で留守番していることが多い。紗世ちゃんは自分のベッドで眠くなるまで、疲れている母さんを離さない。話を聞きながら絨毯に座って、ときどきスーッと居眠りする母さんに、

「お母さん、起きてる?」

と言っては、母さんを起こして話の相手をさせている。あんなによい子で優しくて大人しかった紗世ちゃんが、母さんと二人きりになったら随分威張っている。人間って大変だな。大人になるのにこんな時期もあるんだな。母さんは紗世ちゃんに一生懸命してあげていたのに、ちょっと可哀想な気にもなるよ。

紗世ちゃんはいろいろな気持ちを自分で抑えつけてきたから、病気になったのかもしれないな。家の中の親しい人にしかぶつけられない意地悪やわがままな心も、外に発散して成長していくのかもしれない。そう思ったら今は紗世ちゃんにとって、かけがえのない大切な時間なのだろう。しっかりと母さんに甘えていいから、逞《たくま》しく生きていきなよ、紗世ちゃん。

マンションの管理人さんも何人目かになった。

毎夏、湖岸に水草が打ち上げられて溜まると、腐敗して悪臭がする。マンションの住人の元教授がそれを集めて植木の根元に埋める。炎天下でも続けられている。肥やしになって、木も少しずつ大きくなってきた。黄や緑の綺麗な羽の鸚鵡《おうむ》を肩に止まらせて、湖岸の砂浜をいつも一人で穏やかに散歩していた帽子屋のおばあちゃんも最近はその姿を見なくなった。

その日は夜半から、ときおり嵐のように大雨が降っていた。母さんは居間の絨毯の上で夏布団を被って、涼しそうに寝ていた。

(母さん、今日はお別れだよ。いつか絵本で見た、月の世界に帰る「かぐや姫」みたいにね。長いようで短かったね。紗世ちゃんと新君がとても元気になってよかったね、僕も嬉しい。母さんが父さんと喧嘩しても、もう僕には仲裁できないからね、仲よくしなよ。でも僕、とても楽しかったよ。元気でね、さよなら)

母さんがモゴッと寝返りを打った。もう目を覚ますぞ。母さんは目を開けるとフッと考えるような目つきをした。足元の掛け布団が、僕のおしっこで冷たくなっているのに気がついたのだ。今までこんなことは一度もなかったのになんで？　どうしたんやろう？　母さんは不思議そうな顔をしていた。

紗世ちゃんは今日も仕事でサッサと出かけた。僕は紗世ちゃんには、『ソウルメイト』として最後の挨拶もしっかりとできた。僕は紗世ちゃんに会えて幸せだった。こちらに帰ってきて地元で就職している新君は、昨日から泊まりの仕事で帰ってきていない。

友達と大事な用事があると言って母さんは、散歩が終わったらすぐに電車で出かけられるように準備をしていた。

気がつくと、僕はピロティを抜けて裏庭への扉をこじ開けていた。湖に続く公園はすっかり水浸しで、草が泳いでいる。

辺り一面が浅い川のようになっているところを、僕はトボトボと歩いた。いつもの低い植え込みのところで後ろを振り返ると、誰かが傘をさして心配そうにじっとこちらを見ていた。帰っておいでよ、ここで待っているからという顔をして。

突然、今まで見たこともない大雨が激しく降った。僕の周りは真っ白で何も見えない。いつもの小川が嵐のような大雨の中で激しく渦巻いていた。大渦の中で、白い龍が鋭い牙を剥いて口を開け稲妻のように光る目で僕を見たような気がした。少しも怖くなかった。老いて力尽きるまで生きた僕を迎えに来てくれた使者だと思った。

豪雨はすぐに上がり、陽光が射して、溢《あふ》れていた水もたちまち引いている。

（あれっ、ソクちゃんがいない……。見渡してもソクちゃんの姿がない。どこに行ったのだろう、どうしよう）

近くの職場で働いている新君に保子は電話をかけた。

「新君、仕事中にごめん、ソクちゃんが裏庭でいなくなったんや、どうしよう」

「えっ、そら大変や。すぐ帰るわ」

新君は上司に断って、すぐに帰ってきてくれた。保子も友人との待ち合わせを断って二人で必死に探した。

「ソクちゃーん、ソクちゃーん」

「ソクー」

あっちのマンション辺りまで行ったのだろうか。それともホテルの庭か。

新君と保子はあちこちを探して駆け回った。

「犬が川にはまったのを知らずに、飼い主さんが探しているみたいだから」

と、激しい流れに柴犬が呑み込まれていくのを目撃したという宿泊客の言葉を、ホテルの従業員さんが伝えに来てくれた。

（ソクちゃんが……、誤ってはまったのか、それとも……）

ソクラテスは雨の向こうへ消えてしまった。

けれども湖の傍で、こちらを向いて微笑む姿が家族にはいつも見えるのだ。

著者プロフィール

代々　百々（だいだい　もも）

昭和25年生まれ、滋賀県出身。
佛教大学文学部卒業。
京都府在住。

ソクのいた日

2021年８月15日　初版第１刷発行

著　者　代々 百々
発行者　瓜谷 綱延
発行所　株式会社文芸社
〒160-0022 東京都新宿区新宿1－10－1
電話 03-5369-3060（代表）
03-5369-2299（販売）

印刷所　株式会社平河工業社

ISBN978-4-286-22506-7